COLLECTION FOLIO

Leslie Kaplan

Millefeuille

P.O.L

Leslie Kaplan est née à New York, en 1943, elle écrit en français. Après des études de philosophie, d'histoire et de psychologie, elle travaille deux ans en usine et participe au mouvement de Mai 68. Elle publie depuis 1982 des récits, des romans, des essais, des pièces de théâtre. Notamment en Folio : *Le pont de Brooklyn* (Folio n° 2258), *Le Psychanalyste* (Folio n° 3504), *Les Amants de Marie* (Folio n° 4006), *Fever* (Folio n° 4577), *Millefeuille*, prix Wepler 2012 (Folio n° 5707). Son œuvre a été traduite dans une dizaine de langues.

pour Heitor

Quand je l'ai connu, Jean-Pierre Millefeuille habitait déjà depuis longtemps rue Antoine-Bourdelle, une petite rue à côté de la gare Montparnasse. Je l'ai rencontré parce qu'à ce moment-là j'allais souvent au musée Bourdelle, et je prenais un café avant ou après à la brasserie qui fait l'angle avec l'avenue du Maine. Un vieux monsieur, grand, bien mis, portant beau comme on dit dans Balzac, souvent là en train de lire son journal, de rêver. Pas timide, plutôt bavard. Conversation, échanges. Et tout de suite, étonnement, de part et d'autre. On sait que la ville réserve toujours, et par définition, des surprises, mais on n'y croit jamais, à la rencontre, avant qu'elle n'arrive. Bref, séduction réciproque. Moi je venais de perdre mon père, alors les vieux messieurs... et lui, il me l'a dit très vite, me trouvait, ah, intéressante, un de ses mots préférés. C'était un professeur à la retraite, il avait enseigné la littérature, avec plaisir, avait écrit quelques livres, participé à quelques manuels. Pas amer, pas aigri. Oxygène.

Il m'invita chez lui. Il recevait souvent, un peu n'importe quand, beaucoup de passage, des amis, des anciens élèves, des jeunes, des moins jeunes. Grandes discussions, la littérature, l'art, la politique, l'époque.

C'était un moment bizarre. On est toujours dedans, d'ailleurs. Un flottement général, mais en même temps, lourd, pas léger, au contraire les choses, toutes les choses, semblaient en train de durcir, durcies. On ne s'y retrouvait pas, personne ne s'y retrouvait. La phrase de Hamlet, *The time is out of joint*, Le temps est hors de ses gonds, me venait souvent à l'esprit, une fois je le dis à Millefeuille, et lui, grand shakespearien, il citait, récitait par cœur, il s'écria, Exactement. Plein de petits cercles dans les coins, mais pas d'ensemble. On parlait souvent du collectif, les jeunes surtout en parlaient, oui mais comment. On ne voyait pas.

Millefeuille ne demandait que ça, rencontrer des jeunes, se poser des questions avec eux, les écouter, il avait ça pour lui, pas du tout le vieux crispé sur ses acquis de pensée, ses habitudes. Une fois j'allais chez lui avec Zoé, la fille d'une amie, à une soirée organisée par quelques anciens élèves. Beaucoup de monde. Après Zoé me dit, avec la manière brutale et précise qu'elle pouvait avoir, Je ne sais pas si je l'aime, non, vraiment je ne sais pas.

Pourtant elle retourna le voir, et emmena même Léo, un amoureux. C'est là que tout a commencé.

Millefeuille m'avait dit que depuis la mort de sa femme une dizaine d'années auparavant et le départ de son fils il se sentait souvent seul et qu'il aimait les visites à l'improviste. Peu de temps après notre première rencontre, je retournai voir l'exposition de sculpture contemporaine au musée Bourdelle, en sortant je lui téléphonai et il m'invita à passer chez lui. Il me reçut, un livre à la main, c'était *King Lear*, et il commença immédiatement à me parler tout en préparant un thé.

Quel texte, il disait, cette pièce… chaque fois que je la relis, et je peux vous dire que je la relis souvent… elle me fait un effet… Lear, c'est moi, évidemment, mais si vous me dites ça, vous ne m'apprenez rien… *age is unnecessary*… « le grand âge est superflu »… le grand âge est de trop, il y a des humains superflus… avoir écrit ça il y a quatre cents ans… Shakespeare est moderne, on ne peut même pas dire à quel point… l'homme peut être décrété en trop… ça ne vous dit rien ? et il dit ça en trois mots, en trois mots…

Millefeuille s'arrêta de parler le temps d'apporter le thé dans le salon. Il posa le plateau et tout d'un coup, il ne regardait plus le livre :

Who am I, sir ? Qui suis-je, monsieur ? Et le valet lui répond : *My lady's father.* Le père de ma maîtresse.

C'est là où il devient fou.

Who is it that can tell me who I am ? Qui donc peut me dire qui je suis ?

Il versait le thé en même temps.

Moi j'étais assise sur le canapé, je voyais le ciel par la fenêtre ouverte, les livres empilés un peu partout, et j'étais arrachée à cette contemplation, surprise par le ton, ce n'était pas, comment dire, un ton de citation, de commentaire.

Je dis, assez platement, que pour moi c'était d'abord une pièce sur la paternité, sur l'amour, les exigences et la folie de l'amour paternel.

Non, non, non, il répondit avec violence. Non, non, non, pas sur la paternité, pas du tout, quel intérêt, c'est une pièce sur l'identité.

Who is it that can tell me who I am ?

Il redit cette phrase, ensuite il ne dit rien pendant un temps assez long.

Après il récita :

For God's sake, let us sit upon the ground / And tell sad stories of the death of Kings / All murdered. Allez, on s'assoit par terre et on se raconte des histoires tristes, des morts de rois… tous assassinés…

Mais ça c'est Richard II…

Les Rois, chez Shakespeare, ce sont des rois

de crise, voyez-vous. C'est l'époque, il faut dire, c'est le début de la nôtre. Ils cherchent tous qui ils sont. Ils ne savent pas qui ils sont.

Le pouvoir, être roi, le croire, s'y croire, c'est pour eux une façon de se masquer ça, cette folie de ne pas savoir qui ils sont.

S'ils ne sont plus rois, si on les dépouille de leurs insignes, qui sont-ils ?

Vous vous rappelez Pascal, qu'est-ce que le *moi* ? celui qui aime quelqu'un à cause de sa beauté, l'aime-t-il ? non, car la petite vérole tuera la beauté… les qualités, du corps, de l'esprit, l'intelligence, la mémoire, on peut les perdre… mais comment aimer, sinon pour des qualités ? alors on n'aime jamais personne, mais seulement des qualités… C'est dans les *Pensées*, le renversement du pour au contre…

Millefeuille avait l'air accablé. Il secoua la tête et redit plusieurs fois *Age is unnecessary* et *Who is it that can tell me who I am*.

Je ne savais pas quoi dire. Je trouvais étonnant comment les mots résonnaient pour lui en direct. Je lui demandai s'il n'avait jamais eu envie d'écrire.

Il sourit, et me dit, Mais j'ai écrit quelques livres. Il me montra une étude sur Pascal, justement. Ensuite il me fit remarquer que le thé refroidissait, et on parla d'autre chose.

Après.

Millefeuille me téléphona, est-ce que je voulais venir, c'était le jeudi suivant, « des anciens élèves ont organisé ça, il y aura une petite réunion ». Moi je devais dîner avec Zoé, je demandai si je pouvais passer avec elle. Bien sûr.

Quand nous arrivâmes sur le palier, Millefeuille habitait au troisième, on entendait déjà un brouhaha. Millefeuille nous ouvrit en souriant.

Il y avait beaucoup de monde, des anciens élèves à lui, des voisins, des gens du quartier, quelques vieilles dames, Millefeuille avait beaucoup d'amies femmes.

Millefeuille allait et venait, passait en souriant. J'avais déjà remarqué que Millefeuille avait plusieurs sourires. L'un, le principal : un sourire d'intérêt général, en quelque sorte, il prenait en considération, il considérait, il examinait. Il adoptait ? Non, il tenait compte de. Ça existe, disait le sourire, ça peut exister.

Mais ce n'était pas ce sourire-là, c'était un sourire ironique, désagréable, comme s'il était content que les gens disent des bêtises. Cela me fit une drôle d'impression.

Millefeuille me présenta son amie Jeanne.

Je m'assis à côté d'elle, une petite vieille dame qui m'examina avec un visage fermé. Ensuite elle me dit qu'elle était une amie de Jean-Pierre, elle appelait Millefeuille par son prénom, depuis très, très longtemps.

Mais, elle ajouta tout de suite, je déteste qu'on parle pour rien.

Je lui demandai, Pour rien ?

Elle redit, sans rire, Pour rien. Pour rien du tout. La conversation... Elle laissa en suspens.

Je la regardais. Bijoux, tailleur, coiffure impeccable. Elle dit :

Il gaspille sa santé.

Je ne veux pas qu'il meure avant moi.

Évidemment je restai muette.

Je m'excusai en disant que j'avais soif et je me levai.

Près d'une fenêtre ouverte, Millefeuille discutait avec Zoé et un homme d'un certain âge, petit, en jeans, avec beaucoup de cheveux blancs un peu longs. Il me le présenta, c'était Sammy, j'appris qu'il était livreur pour un magasin de location de DVD fréquenté par Millefeuille. Il y avait aussi un Africain, Charles, très grand et beau, qui assurait la sécurité dans un magasin de vêtements de sport du quartier.

Sammy et Zoé étaient en train de se rappeler

ensemble, pur plaisir, des scènes du *Fantôme de la liberté*, et Sammy, très doué, imitait à la perfection Jean-Claude Brialy, à qui il ne ressemblait en rien, quand assis sur son canapé il contemple avec fureur la cheminée et dit, avec une barre de colère qui lui traverse le front, J'en ai marre de la symétrie.

Tout le monde riait.

La conversation continua, portait sur l'actualité, la crise, la sécheresse, l'Afrique. Quelqu'un dit, Charles pourrait nous en parler. Les regards se tournèrent vers Charles.

Charles déclina, secoua la tête, Non, non, je ne peux pas en parler.

Millefeuille se leva, et le serra dans ses bras.

Charles dit, Mais j'ai de la chance, j'ai de bons amis.

Des verres furent levés, À Millefeuille, à Jean-Pierre.

Je levai le mien, ensuite je partis avec Zoé.

Jean-Pierre Millefeuille se réveillait. Il n'avait pas passé une bonne nuit, il dormait mal, se levant après trois heures de sommeil, se demandant s'il voulait ou non se rendormir, ou se tournant, se rendormant, et il faisait de mauvais rêves. Il dormait dans une matière désagréable, grise, lourde, sous une couverture de sommeil, il n'était pas dans le sommeil mais dessous. En se réveillant il se rappelait souvent ses rêves, il les notait parfois et les oubliait aussitôt. Il resta un peu les yeux fermés sans penser à rien, ensuite il se leva, en pestant, ah ces articulations. Mais il s'entendit et redoubla, augmentant le volume, histoire de rire. Il aimait bien se plaindre un peu, surtout devant ses amies femmes, qu'elles s'occupent de lui, mais pas trop, et pas trop se plaindre à lui-même, après on n'en sort pas.

Son appartement donnait à la fois sur la rue, tranquille, et sur une cour, et il commençait toujours par regarder la rue. Ensuite, comme il voyait des jeunes gens qui passaient un carton sous le bras, ils allaient à une école de dessin à côté, il pensa à ses années d'enseignement, à ses élèves, à son fils…

Ah quel idiot, s'entendit dire Millefeuille, excédé, en même temps surpris par son propre ton. Pas de contenu précis, juste ça, Ah quel idiot.

Son fils : dessinait, enfant, maintenant professeur de dessin, c'était à lui que Millefeuille et sa femme avaient pensé en venant s'installer à côté du musée.

Comme il détestait être surpris, et surtout se surprendre, il changea de sujet.

J'aime le mois de mai, dit Millefeuille à voix haute. Le ciel est déjà d'un bleu, d'un bleu… il chercha un adjectif, s'amusa à chercher, continua, bleu pervenche, bleu ciel, bleu clair, bleu Tintin, bleu strié de blanc, bleu-gris. Il pensa aux yeux de sa femme, il pensait à sa femme sans y penser au moins une fois dans la journée.

Ensuite petit déjeuner avec la radio, traîner un peu, et table de travail.

Il travaillait tous les matins, il s'obligeait à le faire. S'obligeait : ce n'est pas qu'il n'avait pas envie. Plutôt : il savait par expérience que ne pas le faire était, comme il disait, « mauvais pour le moral ». S'il n'avait pas travaillé dans la journée il dormait encore plus mal, l'insomnie était encore plus forte. En ce moment il préparait avec des amis un nouveau manuel sur « l'art d'enseigner la littérature », et d'autre part, à la demande d'une revue, il écrivait un article, qui deviendrait peut-être un livre, qui sait, sur Shakespeare et les Rois.

Aujourd'hui il attendait Zoé et Léo, il les voyait en fin d'après-midi. Il les avait rencontrés par hasard en début de semaine boulevard Montparnasse. Il avait vu de loin un jeune couple qui marchait vite en riant et en se tenant par la taille, le mot « gambader » lui avait traversé l'esprit, ensuite il avait reconnu Zoé. Ils allaient au cinéma et Zoé lui avait présenté Léo. Il les avait invités à passer chez lui le surlendemain.

Très mobilisé par cette visite, très content et un peu inquiet, il récapitula quelques achats à faire, pensa à ses lectures récentes, de quoi parlerait-on, il prit même quelques notes, il faisait toujours ça, bien recevoir, d'après lui, c'était aussi avoir de la conversation.

Il descendit faire les courses, et s'arrêta un moment au café. Il y avait comme toujours un mélange d'étudiants et d'habitués. Millefeuille aimait ce mélange, même si parfois les étudiants et leurs ordinateurs l'énervaient un peu. Il trouva un journal sur le comptoir, s'assit, prit une menthe à l'eau, lut un peu et engagea la conversation avec une jeune femme enceinte et jolie qui lisait elle aussi le journal. Millefeuille s'intéressa à son histoire, quand elle allait accoucher, et où, la clinique, la sage-femme, l'équipe, les prénoms possibles, le conjoint. La jeune femme racontait volontiers, et Mireille, la serveuse, qui avait un petit garçon d'un an, s'invita à la table et raconta sa césarienne en détail.

Il avait eu tort d'être inquiet, la rencontre se passa, comme Zoé me le dit plus tard, merveilleusement, Millefeuille au mieux de sa forme, et lui et Léo s'étaient beaucoup plu, vraiment beaucoup. Léo enseignait dans un lycée de banlieue et écrivait, il publiait dans des revues, il commençait un roman. C'était un garçon plein de vitalité, enthousiaste, souvent exubérant, qui avait toujours une histoire, une lecture à raconter. Il avait beaucoup en commun avec Millefeuille, les écrivains qu'ils aimaient, ceux qu'ils n'aimaient pas, l'humour. Léo téléphonait, passait souvent, parlait de son lycée, de ses élèves, de littérature, Millefeuille écoutait, commentait, ponctuait d'un Très intéressant, une de ses expressions favorites, racontait ses années d'enseignement, son parcours, son travail. Mais il y eut un changement que ni Zoé ni Léo n'arrivèrent à m'expliquer : Léo donna à lire à Millefeuille un chapitre du roman qu'il écrivait, c'était Millefeuille qui le lui avait demandé, il avait dit que ça l'intéressait, et là, brusquement, plus de nouvelles, Millefeuille ne l'avait pas lu, en tout cas, il n'en parlait pas, Léo n'osait pas demander, se traînait, était malheureux. Bien entendu je trouvais ça ridicule et quand je croisais Léo, avec ou sans Zoé, je lui disais d'insister. Il insista, plusieurs fois, Millefeuille disait toujours qu'il n'avait pas eu le temps, et Léo déprimait.

On arriva à la fin de l'année scolaire, Zoé et Léo partaient en Bretagne. Avant le départ en vacances Millefeuille nous invita tous à dîner chez lui, et nous nous retrouvâmes tous les quatre rue Antoine-Bourdelle, dans la clarté qui se prolongeait, le noir qui arrivait dans le bleu, lentement, lentement, et le silence déjà du mois de juillet qui s'installait. J'étais bien sûr persuadée que Millefeuille nous avait convoqués pour nous parler de sa lecture des pages de Léo, et j'arrivai détendue, tranquille. Ce n'était pas le cas des deux jeunes gens, et je trouvai que Zoé était trop, mais trop, agitée, s'affairant dans la maison, aidant à mettre la table, bavardant à tort et à travers, et Léo, lui, semblait crispé, éteint.

J'écoutais, un peu distraite, les propos échangés, et tout d'un coup une fatigue énorme me tomba dessus, le vin sans doute. Je regardais le ciel qui passait par les fenêtres ouvertes, je pensais aux arbres sur le boulevard à côté qui montraient toutes leurs feuilles une par une. Les réverbères s'allumaient et j'avais des images de *City Lights, Les Lumières de la ville,* où le héros se fait balader, adopté un jour, mis à la porte le lendemain, par le milliardaire amnésique qu'il a sauvé.

Au bout d'un moment je me rendis compte que plus personne ne parlait. Je me tournai vers Millefeuille, il souriait vaguement. Léo ne disait rien, je fus frappée par son expression, ou plutôt, son manque d'expression, c'était la première fois que je le voyais comme ça, il avait l'air idiot. Un visage lisse et stupide, comme si on avait rasé toutes les lignes. Je regardai Zoé, elle aussi avait l'air sidérée.

Le moment dura, ce n'était pas agréable, c'était pénible même. Je finis par demander, Il y a quelque chose que je n'ai pas entendu ?

Non, dit Zoé, non. Il n'y a rien, dit Zoé.

Et comme si avec ce rien elle reprenait courage elle demanda à Millefeuille, Alors, le chapitre de Léo, vous l'avez lu ?

Millefeuille lui sourit. Je savais, dit Millefeuille, que vous alliez me demander ça.

Mais je ne l'ai pas lu, dit Millefeuille, en continuant de sourire et en haussant les épaules. Je suis vraiment désolé. Je n'ai pas eu le temps. Je le lirai, dit Millefeuille.

Zoé jeta un œil sur Léo, moi aussi.

Léo, encore plus immobile, figé.

La journée descendait, descendait, lumières, éclairages, réverbères.

Tout d'un coup la soirée ne finissait pas.

Zoé dit, Mais vous aviez dit que... elle s'arrêta.

Je sais, dit Millefeuille, je sais. Mais je n'ai vraiment pas eu le temps. Je suis désolé. Je me sens très coupable, très coupable. Vraiment.

Je me rattraperai, dit Millefeuille, en souriant.

J'étais stupéfaite. Je ne comprenais pas. Zoé non plus, visiblement.

Elle s'étira, et dit, Je crois qu'on ne va pas tarder.

On s'en va, elle s'adressait à Millefeuille. On part en vacances. En Bretagne. On va nager et travailler.

Elle se leva, et dit à Léo, Allez, on débarrasse, je suis fatiguée.

Laissez, dit Millefeuille en fronçant les sourcils, l'air inquiet.

Zoé insista pour enlever quelques assiettes, ils dirent au revoir. Je restai encore un peu, ensuite moi aussi je pris congé.

Le surlendemain Zoé et Léo partirent en Bretagne, moi je restai à Paris, j'aimais Paris l'été. Je n'avais pas du tout envie de voir Jean-Pierre Millefeuille, qui d'ailleurs ne donna aucun signe. Zoé m'envoya une carte postale, une Bretonne en coiffe faisait du vélo au bord d'une falaise, et apparemment tout allait bien du côté de Paimpol. Je lui téléphonai une semaine plus tard, elle et Léo se reposaient, nageaient, et travaillaient. Ils avaient beaucoup parlé de la dernière soirée chez Millefeuille, et Zoé poussait Léo à laisser tomber « ce personnage » comme elle l'appelait, tant pis, tant pis, ça aurait pu être une rencontre formidable, mais vraiment il était insupportable, on n'y comprenait rien, et on n'avait pas envie de comprendre. Je ne pouvais pas ne pas être d'accord avec elle. J'émis plusieurs hypothèses, y compris celle de la sénilité qu'elle réfuta facilement, et on passa à autre chose.

Jean-Pierre Millefeuille se réveilla en sursaut avec une image dans la tête. Une image, une image, qu'est-ce que c'était que cette image ? C'était l'image d'un petit garçon assis dans une voiture d'enfant, une petite voiture de course décapotable très ressemblante avec des pédales et un volant, et le petit garçon était assis dedans, il regardait sans sourire vers celui ou celle qui était en train de prendre la photo, aucun sourire, l'air trop sérieux avec sa raie sur le côté, il avait l'air triste, tellement triste. Millefeuille se réveilla avec cette image et avec la question, Qui est-ce, mais qui est-ce petit garçon. Mais qui est-ce, il se redit cette phrase plusieurs fois, il ajouta à voix haute, Je ne le connais pas, je ne vois pas qui c'est, je ne le connais pas, je ne l'ai jamais vu, quelle petite voiture ridicule, quel enfant triste, mal habillé, il a l'air mal dans sa peau…

Au bout d'un moment il dit, encore à voix

haute, Mais c'est moi, c'est moi. Bon, d'accord, dit encore Millefeuille, c'est moi.

Il ajouta, Vous êtes contents ?

D'accord. Je sais que c'est moi.

Contents ? Il redit, Contents ? Contents ? Contents ? plusieurs fois, avec une pointe d'ironie, ensuite il s'arrêta.

Il dit encore, Je vous emmerde, et d'un geste brusque il se redressa dans le lit, se leva, et alla dans la salle de bains prendre une douche en tapant des pieds par terre et en faisant le plus de bruit possible.

La douche le calma, il s'habilla en sifflotant, se trouva élégant, regarda l'heure, il avait rendez-vous aux Galeries Lafayette à 11 heures avec Micheline, qui avait été la grande amie de sa femme et avec qui il gardait des liens. Il se fit un café et des toasts en écoutant les nouvelles, et ensuite avec un peu de temps d'avance il sortit, direction Opéra, Quand faut y aller faut y aller.

Il prit un bus, le 95, il connaissait tous les bus par cœur, celui-ci l'amènerait boulevard Haussmann. Pendant le trajet il regarda par la fenêtre avec jubilation, il avait pu choisir sa place, Ah c'est calculé, Millefeuille se moquait de lui-même et se félicitait, tout ce qu'il voyait lui plaisait, la rue de Rennes, vêtements, chaussures, appareils électroniques, les couleurs, beaucoup de jeunes, dommage qu'il n'y ait pas d'arbres, les arbres dans une ville, c'est le supplément d'âme, ah ah ah, la Fnac c'est laid mais j'aime le verre pour les constructions, la place Saint-Germain-des-Prés, terrasses et touristes, touristes et terrasses, il y a trop de gens partout, mais l'église ils ne peuvent pas l'abîmer, la rue Bonaparte, l'École des Beaux-Arts, le quai, le Louvre, ah le Louvre, l'arc de Triomphe du Carrousel, j'adore le marbre rose, les arcades de la rue de Rivoli, l'avenue de l'Opéra, l'Opéra, ce gros gâteau, depuis toujours Millefeuille l'appelait comme ça, et voilà.

Millefeuille avait une grande familiarité avec Paris où il avait toujours vécu, ce qu'il aimait, c'étaient les variations à l'infini, comparer ce qu'il retrouvait et ce qui était nouveau.

Ses parents déjà habitaient Paris, son père médecin, sa mère institutrice, venus de Normandie après leur mariage, mais ils ne s'étaient jamais habitués à la capitale, ils avaient toujours regretté Rouen, regretter Rouen, quelle idée, Millefeuille détestait la Normandie où il avait passé tous les étés de son enfance.

Il descendit, regarda un peu autour de lui, quelle porte entrer, et c'est là qu'il le vit.

Joseph.

Installé au milieu du boulevard, un manteau d'hiver trop long, trop chaud, un chapeau absurde, comment s'appelle ce chapeau, mais c'est pas possible, et qu'est-ce qu'il fait là, mais je rêve, il a l'air, il a l'air, il a l'air d'un clochard, il n'a pas seulement l'air, il est devenu un clochard, il a un grand foulard, comme il en avait, un grand foulard blanc, oui mais il n'est pas blanc, il est gris, il est sale, quelle misère, qu'est-ce que je fais, je lui dis bonjour, Bonjour Joseph.

Joseph le regarda, un regard lourd et lent, on peut se noyer dans ce regard, la pensée traversa Millefeuille, il le reconnut et tout d'un coup il se mit à pleurer.

C'était affreux. Des gros sanglots, des hoquets.

Ensuite il dit d'une voix forte, Ils me cherchent. Et s'ils me cherchent, ils me trouvent.

Millefeuille voulut lui prendre le bras, Viens, Joseph, tu m'as l'air malade, il faut rentrer.

Joseph le regarda avec fureur.

Laisse, tu ne vaux rien. Tu le sais, que tu ne vaux rien.

Et il regarda le ciel.

Le ciel m'est témoin, dit Joseph, le ciel m'est témoin…

Il ne termina pas.

Il regarda Millefeuille.

Jean-Pierre, dit Joseph, avec une toute petite voix, un couinement, pensa Millefeuille, dégoûté. Jean-Pierre.

Millefeuille regarda autour de lui, cherchant un regard où s'accrocher, ne trouva rien, personne ne faisait attention ni à lui ni à Joseph, Je pourrais m'en aller, partir, je peux le faire, je m'en vais, Au revoir Joseph, dit Millefeuille, au revoir, fais attention à toi, au revoir.

Millefeuille tourna le dos à Joseph et entra dans le magasin.

Il prêta l'oreille, n'entendit rien, Joseph n'avait émis aucun son, aucun bruit, Millefeuille continua d'avancer.

Arrivé aux rayons parfums il fit plusieurs fois le tour, Micheline n'était pas là, il ne la vit pas, elle n'était pas encore arrivée, et il se dit, Non, je ne peux pas laisser Joseph comme ça. Il continua encore un peu, retourna un peu sur ses pas, regarda à travers les portes, ne vit pas Joseph, Joseph avait disparu. À ce moment-là il entendit une voix qu'il connaissait, devant lui Micheline le regardait en souriant, Je t'ai vu entrer, comment ça va, toujours aussi élégant mon vieux Jean-Pierre. Il l'embrassa, et lui dit, Il m'arrive une histoire épouvantable, épouvantable il répéta. Je viens de rencontrer mon ancien camarade Joseph, il est complètement perdu, et il décrivit Joseph à Micheline.

Micheline se souvenait d'avoir dîné avec Joseph chez les Millefeuille il y avait très longtemps.

Elle suggéra d'aller le retrouver, de le ramener chez lui. Millefeuille se montra d'abord un peu réticent, il ne savait pas où Joseph habitait, mais après tout on pouvait lui demander, ou il avait peut-être son adresse sur lui, et il la suivit.

Quand ils arrivèrent sur le boulevard, Joseph n'était plus là. Millefeuille eut l'impression qu'il y avait, il le dit à Micheline, un trou d'air, et même il l'éprouvait, comme si l'air s'était ouvert et avait absorbé Joseph. Ils marchèrent un peu, revinrent sur leurs pas, regardèrent dans toutes les directions, rien. Quand même, disait Millefeuille, quand même…

Micheline se demanda s'il n'y avait pas quelqu'un qui l'accompagnait, qui aurait pu être là, que Millefeuille n'avait pas remarqué. Millefeuille convint que c'était une possibilité. Ils rentrèrent dans le magasin, et choisirent un parfum et un foulard pour la fille de Micheline dont c'était bientôt l'anniversaire, Deborah avait été sa marraine. Millefeuille était fatigué, épuisé, il le dit à Micheline, il n'avait qu'une envie, rentrer. Ils prirent un taxi sur le boulevard Haussmann, Millefeuille tout d'un coup enfoncé dans le silence déposa son amie chez elle et retourna rue Antoine-Bourdelle.

L'après-midi Millefeuille réussit à lire les journaux et regarda deux films sans intérêt à la télévision, mais dans la soirée il téléphona à Micheline, On n'aurait pas dû partir comme ça, on aurait dû chercher mieux, maintenant on ne pourra plus le retrouver, il est vraiment perdu, c'est grave, c'est très grave, comment on a pu faire ça, tu te rends compte, abandonner un ami de trente ans, de quarante ans, cinquante ans, c'est criminel, comment on a fait ça, tu aurais dû m'aider, et moi comme un idiot, un abruti...

C'est ma faute, depuis des années il dégringole, j'aurais dû m'occuper de lui, ah mon pauvre Joseph...

Tu as vu, non, tu n'as pas vu... mais dans quel état il était, c'est incroyable...

Une loque, une loque, habillé avec des loques... et ce foulard dégoûtant...

Micheline l'interrompit.

On avait dîné ensemble, Deborah avait fait

son lapin aux herbes, délicieux, lui il avait dit qu'il ne mangeait pas de lapin.

Non non non, dit Millefeuille, il adorait le lapin, Deborah l'avait fait pour lui, c'est le poisson qu'il ne mange pas, il ne mange pas de poisson.

Millefeuille s'arrêta, soupira, reprit, Ah c'est atroce, un type si brillant, on a fait nos études ensemble, il a passé l'agrégation en même temps que moi, il ne pouvait pas manger de poisson, ça le rendait malade, il m'avait dit une fois, Les poissons, ils ont des yeux froids, glacés comme la mort, il avait vu un poisson dans son assiette avec des yeux ouverts, des yeux de poisson, quand il était enfant, et ça lui était revenu un jour, atroce, atroce, des habitudes alimentaires bizarres, ça m'avait alerté, non, pas alerté, mais c'était bizarre, après le bizarre s'est répandu partout, pas limité à l'assiette, ha ha ha... D'ailleurs le mot poisson, il ne pouvait pas le prononcer, il ne disait jamais poisson, il disait « ces animaux qui se déplacent dans l'eau », il faisait croire que c'était pour rire, une manière de parler pour rire, mais moi je savais qu'il ne pouvait pas dire le mot... Quand il était jeune il était beau gosse, des grands foulards, assez coquet, de l'allure...

Micheline insistait, Je me souviens très bien, c'était toute une histoire, il y avait quelque chose qu'il ne voulait pas manger, il s'est même levé à un moment donné, ton fils lui a pris la main et l'a fait se rasseoir, ça ne s'oublie pas, Jean était là et l'a fait se rasseoir.

C'est vrai, dit Millefeuille, c'est vrai... C'était des topinambours, dit Millefeuille au bout d'un moment. Il ne mangeait jamais de topinambours. Ce n'était pas comme le poisson, mais il n'aimait pas ça, et quand il n'aimait pas quelque chose...

Quelle histoire, dit encore Millefeuille. Je suis sûr que je ne vais pas dormir.

Après avoir raccroché, il tourna en rond dans l'appartement et se sentit tellement désespéré qu'il décida de sortir, d'aller à pied jusqu'au boulevard Montparnasse, au moins comme ça quand il rentrerait il s'écroulerait. Il mit sa veste et sortit.

La nuit était belle, et dès qu'il fut dehors il eut des pensées joyeuses. Il se dirigea vers le Select, encombré, d'accord, mais quand même il avait ses habitudes. Gérard, le garçon, lui apporta tout de suite son whisky préféré, des cacahuètes, et il engagea la conversation avec ses voisins, un couple d'Américains, qui arrivaient de Houston, Texas. Au deuxième whisky il se retrouva avec surprise en pleine discussion sur la peine de mort, ses nouveaux amis touristes étaient des militants abolitionnistes. Millefeuille leur raconta immédiatement un rêve récurrent qu'il faisait, un cauchemar.

Je suis à l'entrée d'un couloir immense, je ne vois pas le bout, et je m'avance, j'ai froid, le couloir est blanc, avec des ampoules qui pendent du plafond, une lumière crue, j'entends des soupirs des deux côtés, il y a des grillages, je ne vois pas bien mais je devine des visages, des mains agrippées, des prisonniers dangereux, des criminels, des assassins… c'est le couloir de la mort, mon heure est venue, je suis condamné…

C'est vrai, je suis condamné, je ne vais pas tarder à partir, dit Millefeuille, en continuant de sourire et en faisant le geste de se trancher le cou.

Les deux Américains ne purent s'empêcher de rire, Mais pour quel crime vous êtes condamné ?

La question surprit Millefeuille, Pour quel crime ? Ensuite il se ressaisit, et dit, Ah ça… crime de vieillesse, que voulez-vous, et il rit à son tour.

Ils passèrent un moment agréable à échanger des anecdotes. Quand il retrouva son lit il était plein de petites pensées, d'images, de bruits divers qui lui remplissaient la tête, l'excitaient et le fatiguaient à la fois, et il dormit d'une traite jusqu'au matin.

Un peu avant le 14 Juillet j'avais un message, Jean-Pierre Millefeuille m'invitait à venir voir le feu d'artifice de chez lui, On voit juste un peu mais c'est toujours beau. Il n'avait pas une bonne voix, fatiguée, traînante. Je le rappelai et dis que je viendrais, je pensai que je pourrais lui parler de Léo.

Quand j'arrivai son fils Jean était là, il venait toujours voir son père à cette date, elle coïncidait avec la mort de sa mère, et ils allaient ensemble au cimetière.

J'avais oublié, s'excusa Millefeuille, mais comme ça vous faites la connaissance de Jean.

Jean souriait, un peu gêné.

Il était grand, comme Millefeuille, au début on pensait qu'il ne lui ressemblait pas, après on retrouvait les mêmes traits, l'implantation des cheveux, la raie sur le côté, mais en plus maigre, plus effacé, un peu maladroit.

Pendant qu'il nous servait du champagne, Ah, tout de même, la prise de la Bastille, Millefeuille parlait dans tous les sens. Je l'observais, je le trouvais trop blanc, il avait mauvaise mine.

Je demandai à Jean s'il avait eu des difficultés pour venir, j'avais entendu à la radio que les gares étaient encombrées à cause des départs en vacances.

Jean me dit qu'il était venu en métro, il habitait à Aubervilliers. Cela m'étonna, je pensais qu'il vivait en province, Millefeuille donnait toujours l'impression que son fils était loin. Voyant ma surprise, Jean ajouta qu'il préférait vivre près de son lieu de travail, le lycée où il enseignait le dessin.

Millefeuille se leva, se racla la gorge, prit un air cabotin et se mit à chanter, Monsieur tout blanc / Vous enseignez la charité bien ordonnée / Dans vos châteaux en Italie / La charité c'est très gentil, mais qu'est-ce que c'est / Pendant ce temps-là moi je vis à Aubervilliers…

J'éclatai de rire, ensuite je vis Jean qui faisait une grimace et qui dit, mécontent, Il ne peut pas s'empêcher, il la chante à tous les coups. Depuis que je vis à Aubervilliers, et ça fait plus de dix ans que j'y vis, il la chante.

Millefeuille sourit et me dit, « Monsieur tout blanc », c'est le pape, Pie XII, celui qui n'a rien fait pendant la guerre…

J'ai dit Oui, et que j'aimais beaucoup cette chanson. Mais, j'ajoutai, je ne connais pas vraiment Aubervilliers.

C'est calme, dit Jean.

Calme, dit Millefeuille, calme ? Ce n'est pas ce que tu me dis de ton lycée.

Je ne parlais pas du lycée, dit Jean, en regardant son père avec insistance.

Son lycée est une horreur, dit Millefeuille en se tournant vers moi. Il y travaille depuis dix ans, c'est un enfer. Il ne se fait pas respecter, dit Millefeuille, il répéta, il ne se fait pas respecter par ses élèves. Il y a une histoire…

Jean devint rouge tomate. Laisse, il dit à son père, laisse tomber.

Millefeuille prenait son élan, je voyais qu'il se lançait, et subitement je me sentis très en colère. Je l'interrompis, c'était bien la première fois, et je dis à Jean, Et vous-même vous dessinez ?

Je dessine, dit Jean. Il s'arrêta, ensuite il ajouta, Je vais souvent au Louvre.

Quand je peux j'emmène un petit groupe d'élèves, dit Jean. Des volontaires, ceux que ça intéresse.

Je leur ai montré un ticket de métro, dit Jean, maintenant il souriait vraiment, il fit le geste de brandir un ticket, et je leur ai dit qu'avec ça ils pouvaient changer de paysage.

Certains ont compris.

C'est une des bonnes choses que j'ai faites, dit Jean, tout d'un coup très tranquille. Avec juste un ticket de métro.

Ah, le Louvre, dit Millefeuille. Le Louvre est inépuisable. En ce moment il y a une exposition des dessins de Rembrandt.

Je sais, dit Jean. On a fait une visite la semaine dernière.

Il n'y a rien de plus beau, dit Millefeuille avec un geste large. Je pense à cet autoportrait, il a une espèce de béret, on le voit jeune, hirsute, hagard, oui, il est presque fou...

C'est drôle, continua Millefeuille, cet autoportrait me fait penser, comme c'est intéressant, il se tournait vers moi, à notre jeune ami Léo... Il y a quelque chose, même si ça ne lui ressemble pas du tout, Léo n'est pas en rondeur, il est longiligne... mais le regard... Léo est un garçon très doué, dit Millefeuille en se tournant maintenant vers son fils, très doué... il écrit, très bien, il enseigne... j'ai rarement vu un garçon aussi doué...

Jean regardait son père, son sourire était devenu plus transparent, ironique. Je sentais nettement quelque chose de mauvais qui planait, mais je décidai de saisir l'occasion. Je demandai :

Vous avez lu son chapitre ?

Millefeuille me regarda, surpris. Plus que surpris, peiné. Plus que peiné, offensé.

Non, dit Millefeuille, non. Non. Je lui ai promis, je sais, je sais, je le ferai. Se tournant vers son fils :

Alors tu pars demain ?

Il va voyager, il me précisa. Tous les étés il voyage. Il tient ça de moi. Je voyageais beaucoup. Il va toujours dans un pays nouveau.

Jean dit qu'il n'allait pas toujours dans un

pays nouveau, mais dans des villes qu'il ne connaissait pas.

Je ne sus pas quelle ville il comptait visiter cette année, une gerbe éclata, et le feu d'artifice nous absorba.

Après le feu d'artifice et le départ de son fils le lendemain, Jean-Pierre Millefeuille se sentit un peu vacant, vide et désolé. Il répétait une de ses phrases préférées, *Ah Bartleby, ah humanity*, en pensant à la fois à son ami Joseph, et à Bartleby le copiste de Wall Street, celui qui s'arrête de copier, dit seulement *I would prefer not to*, je préférerais ne pas, et se tourne contre le mur. Joseph, Bartleby... Mais était-ce des fous, ou des modèles, ou quoi, se disait Millefeuille, ou quoi.

Il eut tout d'un coup très envie d'aller au Louvre, ce qu'avait raconté son fils était resté collé dans sa tête, d'aller au Louvre et de regarder les Rembrandt, pas les dessins, non, mais les tableaux, les autoportraits peints, il pensait particulièrement à l'un d'eux, il l'avait devant les yeux, il le voyait dans la salle. Il pensa téléphoner à Micheline pour l'inviter, se rappela qu'elle était partie en Normandie, décida d'y aller quand même, s'habilla et sortit. Il prit un café à la brasserie, s'informa si elle fermait en août, fut content d'apprendre que non, et expliqua à Mireille la serveuse qu'il allait au Louvre. Ensuite il prit l'autobus.

Pas trop de monde devant la pyramide en verre, absurde cette pyramide, se disait Millefeuille comme à chaque fois. De toute façon il avait une carte des amis du Louvre.

Il traversa plusieurs galeries à toute allure, entra dans la salle et se planta devant le tableau qu'il cherchait. Le vieux le regardait sans complaisance, Il me regarde sans complaisance, se murmura Millefeuille. Il tourna sur lui-même pour voir s'il y avait qui que ce soit d'autre dans la salle, il était seul. Il leva de nouveau les yeux sur le tableau, rien n'avait bougé mais, pas de doute, il sentait une désapprobation. Ouais, dit Millefeuille, ouais. Un peu facile, dit Millefeuille. Trop facile, répéta Millefeuille. Il s'éloigna, alla regarder Bethsabée, l'admira, revint.

Quand je pense, dit Millefeuille, il continuait à parler à mi-voix, quand je pense que c'était il y a quatre cents ans…

Que c'était quoi, se demanda Millefeuille, que c'était quoi.

Un couple arrivait.

La vie de Rembrandt, dit Millefeuille.

Le couple, jeune et japonais, lui sourit, et fit lentement le tour de la salle.

La vie de Rembrandt. Et sa mort, dit Millefeuille.

Voilà de quoi il me parle, dit Millefeuille,

en regardant avec fureur le couple japonais qui s'éloignait.

Il fut traversé par une pensée vraiment bizarre, il se dit C'est vraiment bizarre de penser ça, pourquoi je pense ça, l'idée de rester là devant le tableau pour toujours.

Un point c'est tout.

Pour toujours.

Je reste là pour toujours.

Pourquoi je pense ça, se demanda Millefeuille. C'est bizarre.

Et non. C'est une idée simple, normale.

C'est ridicule, se dit Millefeuille, complètement ridicule.

Je m'en vais, il dit à voix haute, fort même.

Le jeune couple japonais qui était passé dans la salle à côté dut penser qu'il avait un malaise, ils revinrent avec précipitation, Millefeuille leur fit un petit signe affable, rassurés l'homme et la femme répondirent en s'inclinant poliment, Millefeuille sortit de la salle.

Il traversa rapidement les salles suivantes, trouva un banc, s'assit.

J'y retourne, dit Millefeuille après un temps, j'y retourne. Je ne peux pas ne pas y retourner. Il se leva, il était quand même fatigué, mais il revint sur ses pas, et se planta de nouveau devant l'autoportrait. Il attendit un peu.

Au bout d'un moment il entendit distinctement, Ça suffit l'agitation.

Il regarda autour de lui, personne. Évidemment c'était le tableau.

Il soupira. Ensuite il dit, Je sais, je sais. Il avait envie de pleurer.

Qu'est-ce que je vais faire, se dit Millefeuille.

Rien. Rien. Rien.

Rien à faire.

Et tout ça m'ennuie, soupira Millefeuille. Mais alors, ça m'ennuie tellement.

Il faillit éclater en sanglots.

Il fut sauvé par l'arrivée d'un groupe avec un guide qui se planta devant Bethsabée. Millefeuille sortit rapidement et quitta le Louvre. Dehors dans la lumière il eut un moment d'hésitation. Il voulut se promener aux Tuileries mais il faisait trop chaud, il décida de rentrer.

Dans le bus quand il s'assit il eut l'impression d'avoir perdu quelque chose.

Il se releva, fouilla ses poches, se rassit, énervé.

Le jeune garçon à côté de lui demanda s'il pouvait l'aider. Millefeuille le toisa, et lui dit, Absolument pas, en détachant toutes les syllabes. Le garçon s'excusa.

Arrivé gare Montparnasse, il se dit qu'il pourrait aller au Monoprix et faire des courses, passer une commande. Il traversa la place et entra dans le Monoprix rue du Départ, fit le tour des rayons avec son caddie, et prit beaucoup de plaisir à commander toutes sortes de whisky, du vin, des bricoles diverses.

À la caisse, il sortit sa carte bleue et fit son numéro, non sans remarquer un monsieur derrière lui très pressé qui le poussait. Devant son immeuble il eut l'impression de le reconnaître quand un homme entra tout de suite après lui et monta avec lui dans l'ascenseur. Dans l'ascenseur, l'homme lui dit, Mais vous vous êtes sali, et tout d'un coup il se retrouva avec sa veste sur le bras, le type la lui avait enlevée pour la nettoyer, et hop, était parti.

Évidemment, il le savait, il le savait, en arrivant dans l'appartement sa carte bleue avait disparu.

Millefeuille, épuisé, ressortit quand même pour aller au commissariat déposer plainte.

Il se sentait humilié, traité comme un vieux. Il le dit à la gentille policière qui était de garde, qui compatit et l'aida à téléphoner pour faire opposition à sa carte bleue, il n'y avait même pas pensé.

Ah, c'est pas le jour, c'est pas le jour, répétait Millefeuille.

La policière proposa de le raccompagner, il est vrai que la tête lui tournait un peu. Elle refusa le verre qu'il lui proposa, il lui dit au revoir en la remerciant avec effusion et s'affala sur le canapé, sonné, abasourdi.

Quand il se réveilla le lendemain matin, il avait dormi d'une traite d'un sommeil de plomb, Jean-Pierre Millefeuille décida après une brève hésitation de lire le chapitre de Léo. Le chapitre faisait trente pages, il les lut lentement, très lentement, avec un crayon noir pour souligner. Il barra sèchement quelques fautes d'orthographe, quelques expressions qui lui semblaient malvenues, et s'arrêta plusieurs fois, se sentant en colère sans raison, ou avec une raison, mais il ne voyait pas laquelle. Ou peut-être c'était seulement le fait de se sentir obligé de lire.

Léo lui avait donné le début, le premier chapitre.

Millefeuille finit de lire et pensa, Qu'est-ce que je vais lui dire.

Il ne voyait pas.

Il n'en pensait rien, de ce chapitre. Il avait tout lu attentivement, il n'avait rien sauté, et il n'en pensait rien.

Aucune pensée ne lui était venue.

Son esprit : une page blanche. Du blanc. Du vide. Rien.

Que dirait-il à Léo.

Ce n'est pas qu'il n'avait pas aimé, ce n'est pas qu'il avait trouvé ça mauvais. Non, absolument pas. C'était vraiment qu'il n'en avait rien pensé.

Il feuilletait les pages, les tournait et les retournait, ses yeux tombaient sur une ligne, une autre, il se concentrait, il suivait, il ne pensait rien.

Du blanc. Du vide.

Il finit par se dire, Je lui dirai ça, que je n'en pense rien.

Ensuite il se dit, Non, je ne peux pas lui dire ça.

Et de nouveau, Je lui dirai.

Je lui dois la vérité.

Et puis, Non je ne peux pas.

Au bout d'un moment il se sentit angoissé, très angoissé. Il haussa les épaules et décida de mettre les pages de côté pendant un temps. De toute façon Léo n'était pas là, Zoé non plus, adieu jeunesse, Millefeuille se mit à chantonner pour se moquer.

Il refit du café et téléphona à Micheline en Normandie, elle lui avait laissé un message en l'invitant pour quelques jours, et il lui dit qu'il allait venir. Il n'aimait pas la Normandie, Rouen, mais, se dit Millefeuille, chez Micheline c'était la mer.

Micheline avait depuis des années une maison près de Dieppe, elle viendrait le chercher au train, ses filles, leurs maris et leurs enfants seraient là.

Millefeuille connaissait toute la famille, ils se voyaient très souvent du vivant de Deborah. Il les aimait bien, sans plus, en fait toute la famille de Micheline l'ennuyait assez, mais Millefeuille était à l'aise avec des gens avec lesquels il s'ennuyait un peu, d'une certaine façon il préférait fréquenter des gens dont il ne se sentait pas proche.

Il se souvint tout d'un coup d'un échange avec Deborah, elle lui parlait d'un séjour à venir en Normandie chez Micheline justement, il avait soupiré, et elle lui avait dit, Écoute, je comprends, pour moi Micheline c'est une amie d'enfance, mais toi, tu devrais voir davantage tes amis, et il l'avait regardée, avait souri, avait dit Oui, mais en lui-même il s'était demandé qui il avait envie de voir, quels étaient ses amis, et le fait est qu'il n'avait trouvé personne. Il ne l'avait pas dit à Deborah.

Cet échange lui revint et le mit mal à l'aise. Il tourna un peu en rond dans l'appartement, regarda par la fenêtre, beaucoup de monde était parti.

Dans sa tête flottait bizarrement le mot « bourgeois ».

Il finit par s'asseoir et essaya de penser.

Le mot bourgeois était associé à Flaubert, qui les avait si bien décrits, et il pensa plusieurs fois à la scène des comices agricoles dans *Madame Bovary*.

Et pour aller à Dieppe on passe par Rouen, se dit Millefeuille, c'est le pays de Flaubert.

Il se récita la remise de la médaille d'argent à Catherine Leroux pour ses cinquante-quatre ans de service, « Ainsi se tenait, devant ces bourgeois épanouis, ce demi-siècle de servitude », et ce qu'elle dit : « Je la donnerai au curé de chez nous, pour qu'il me dise des messes. »

Ah, Flaubert, se dit Jean-Pierre Millefeuille avec un élan enthousiaste. Il voit tout.

Il décida de partir pour la Normandie le jour même, téléphona à Micheline, réserva son billet, empila quelques affaires dans une petite valise légère et pratique qu'il affectionnait, et prit le train de 13 heures, très content, Quand même depuis le temps je connais les horaires.

Dans le train il relut pour la énième fois *Un cœur simple*, et comme toujours il fut très ému. À la fin quand la vieille servante Félicité meurt toute seule devant son perroquet empaillé, il se dit en soupirant, Félicité c'est n'importe qui. Il ajouta avec une petite ironie, mais son émotion était réelle, Félicité c'est moi.

Il arriva à Dieppe tout retourné.

Micheline attendait Millefeuille à la gare avec Stéphanie sa fille aînée, ils firent tous les trois des courses dans Dieppe, fromages crémeux, pâtisseries, poissons, journaux.

La maison de Micheline se trouvait à Varengeville, rhododendrons roses, blancs, violets, magnifiques, plusieurs chats, beaucoup d'enfants, ciel bleu bleu, devant la maison la mer et un champ avec des vaches, quelques poneys.

Tout le monde très agréable, content de la vie. En fin de journée ils descendirent à la mer, c'était marée basse, les falaises prenaient la lumière d'une façon extraordinaire, les enfants ramassèrent tous les coquillages possibles.

Le lendemain en l'honneur de Millefeuille on partit tôt en voiture jusqu'à Étretat, la côte se déroulait, les petites maisons de plage, les gens qui se baignaient, les parasols, les grandes villas 1900, les falaises dont on ne se lassait pas, Sainte-Marguerite, Veules-les-Roses, Saint-Valéry-en-Caux, pas un nuage.

Ils se promenèrent à Étretat, beaucoup de monde mais magnifique. Millefeuille raconta Arsène Lupin aux enfants, « L'aiguille d'Étretat était creuse ».

Deux jours passèrent, tranquilles, tranquilles, paisibles, se disait Millefeuille. En même temps il avait quelque chose dans la tête, ou derrière, quelque chose qui lui collait, quoi, il ne savait pas, un sentiment, quelque chose de doux, fluide et doux.

Il réussit à le nommer, ce sentiment, le deuxième soir quand Delphine, la fille plus jeune de Micheline, raconta qu'elle et son mari avaient fait une excursion dans des montagnes en Inde, où exactement Millefeuille ne saisit pas, en Inde, et voilà, dans plusieurs endroits, pas d'eau chaude.

Paysages sublimes, mais pas d'eau chaude.

Et moi, j'aime l'eau chaude, avait dit Delphine, tout le monde avait ri.

Et Millefeuille s'était dit, C'est ça, c'est exactement ça, je suis comme dans un bain d'eau chaude, agréable et fade.

Je m'ennuie.

Tout d'un coup Flaubert lui revint, en même temps que Baudelaire, Flaubert et Baudelaire avaient eu tous les deux leur procès la même année, le même procureur, l'inoubliable Ernest Pinard, Flaubert acquitté, Baudelaire condamné.

Et Millefeuille pensait au premier poème des *Fleurs du Mal*, « Au lecteur ». Millefeuille voyait le poème sur la page, les vers se détachaient, Baudelaire parlait des vices,

« Il en est un plus laid, plus méchant, plus immonde ! »

Millefeuille souriait intérieurement et continuait,

« Et dans un bâillement avalerait le monde :

C'est l'Ennui !… »

Incroyable que Baudelaire ait trouvé que l'ennui était un vice, une erreur, une faute très grave, un péché, pas un malheur, on éprouve pourtant comme un malheur de s'ennuyer, moi en tout cas, je l'éprouve comme un malheur, se disait Millefeuille, ce n'était pas la première fois qu'il se faisait cette remarque.

Mais, si je veux suivre Baudelaire, ce serait ma faute ?

L'ennui est agressif, dit Baudelaire, il « avalerait le monde ».

Pour Baudelaire on est partie prenante de ça, de son ennui, et il s'adresse au lecteur, « hypocrite lecteur, mon semblable, mon frère ». Très fort, très fort.

Ensuite il pensa qu'on pouvait trouver normal de s'ennuyer. Peut-être c'était civilisé de s'ennuyer, s'ennuyer c'est mieux que de se battre, ah ah, les sauvages se battent, les civilisés s'ennuient, Millefeuille se trouvait en forme.

Pas de conflit. De l'ennui.

Millefeuille très heureux et de Baudelaire et de lui-même voulut expliquer ce qu'il venait de penser à ses hôtes, mais la conversation avait pris un autre tour, on parlait des enfants. Il laissa tomber.

De retour à Paris, Jean-Pierre Millefeuille retrouva avec plaisir son appartement, et passa plusieurs jours tranquilles à lire, à jouir de sa solitude, et à se promener sous les arbres, dans des squares proches, des jardins. Il faisait très beau mais pas trop chaud, et il sortait, s'asseyait sur un banc, et faisait connaissance. Il aimait surtout les jeunes femmes qui accompagnaient ou surveillaient des enfants, il racontait sa vie, écoutait la leur. Il aimait les regarder, les considérer, il les trouvait souvent jolies, intéressantes, vraiment très intéressantes, il essayait d'imaginer leur existence. Il aimait bien se plaindre à elles, un peu, jamais trop, de sa solitude, de son fils, du fait qu'il n'avait pas, lui, de petits-enfants, il aimait les enfants.

En fait, comme il le dit à Jeanne, qui rentrait d'un séjour chez sa fille dans le Midi et qui lui avait téléphoné, il avait de la ressource.

Les jeunes femmes avec qui il faisait connaissance l'aimaient bien, il avait un charme, et puis, ce style direct, Alors, vous avez un amoureux, ça les faisait rire.

Il reçut une carte postale de son fils, qui était à Zanzibar, et ça le mit en fureur. Pourquoi ? Comme ça. En fureur, tout simplement.

Il dormait mal, tout de même, ses cauchemars. Une nuit il se réveilla, angoissé, il avait vu en rêve un grand type horrible avec un béret qui se promenait dans la ville et dépeçait tout ce qu'il trouvait sur son passage, hommes, femmes, enfants. Il reconstitua, histoires lues, faits divers, bribes de films, et réussit à se calmer.

Il se leva un matin en se disant. Encore un mois, et il se demanda, De quoi, de quoi, un mois pourquoi ? Dans un mois on serait fin août début septembre, la rentrée consacrée à Paris, les gens reviendraient. L'image de Léo et de Zoé l'effleura, il pensa au chapitre.

Mais qu'est-ce qu'il en pensait ? Rien. Du blanc, du vide. Rien de rien. Il laissa tomber.

Quand il enseignait, évidemment, les mois de septembre, d'octobre, c'était la rentrée scolaire, universitaire, et maintenant ?

Il ne pensait pas à l'âge. Après tout, il n'était pas plus vieux qu'un autre, cette pensée le fit sourire.

Il travaillait ses quelques heures le matin, il avait presque terminé son article sur les Rois, il devait l'avoir fini pour octobre.

Il remarqua qu'il pensait souvent à la mort, la sienne, la sienne.

Mais comment penser à ça ? Impossible, absurde, sans intérêt. Aucune idée.

Il pensait à la mort parce que c'était logique d'y penser, mais on ne pouvait pas, lui en tout cas ne pouvait pas, se représenter un monde où il ne serait pas.

Pourtant depuis que l'humanité existait... il n'avait pas toujours été là ! Il essayait de rire.

Oui, mais ce n'était pas pareil.

Disparaître, ce n'était pas pareil.

Une fois qu'on était là. Disparaître.

Ou alors, O.K., O.K., comme disent les jeunes.

Il se sentait souffrant. Il était en pleine forme, bon appétit, de la vigueur, mais il se sentait souffrant.

Souffrant comment ?

Rien de précis. Mais, vaguement, souffrant.

Un matin qu'il travaillait fenêtres ouvertes, un petit vent fit trembler des feuilles de papier sur le bureau et il se dit, Voilà, moi c'est comme les feuilles, il y a un petit courant d'air qui me traverse tout le temps.

Il rentrait un soir d'une promenade au jardin et il rencontra monsieur Charles dans la rue. Il l'invita chez lui, ils burent plusieurs whiskies, monsieur Charles adorait Millefeuille, c'était réciproque. Ils refirent le monde. Millefeuille expliqua la politique française en Afrique, monsieur Charles était dégoûté et d'accord.

Monsieur Charles lui parla de sa femme qui était trop jalouse, Millefeuille compatit, et Charles lui montra sa photo, Millefeuille la trouva sublime, lui dit.

Monsieur Charles embrassa la photo, ensuite il embrassa Millefeuille.

Le problème, dit monsieur Charles, le problème…

Ils éclatèrent de rire ensemble.

Les femmes.

L'autre sexe.

On ne peut pas savoir, l'*autre* sexe, dit Millefeuille, déjà ivre.

Monsieur Charles, encore plus ivre, approuvait.

Ils discoururent longtemps.

Au bout d'un moment, retrouvant une certaine lucidité ils s'arrêtèrent pour rire.

Nothing will come of nothing, rien ne viendra de rien, dit Millefeuille, se rappelant son vieux Lear.

Monsieur Charles dit que le rien, il en avait trop vu, il n'en pouvait plus, du rien, et que l'Occident, l'Occident… lui, Charles, il emmerdait l'Occident.

Pas pour toujours, dit Charles. Mais maintenant, en ce moment, à l'heure actuelle.

Mon cher Charles, dit Millefeuille après plusieurs autres whiskies, c'est intéressant ce que vous dites mais vous exagérez avec l'Occident. Cela dit, les civilisations aussi sont mortelles, nous le savons bien, nous le savons tous.

Charles approuva.

Ensuite Millefeuille se leva et dit, Charles, venez voir. Il l'emmena devant la grande glace qui était sur le mur de sa chambre à coucher, et lui dit, Voyez, nous avons le même gabarit. C'était vrai.

Mais j'ai un peu maigri ces derniers temps.

Et Millefeuille insista pour que monsieur Charles mette une veste légère, parfaite, mais qui ne lui allait plus.

Après quoi ils trinquèrent de nouveau.

Bref, scène d'ivresse, c'est une scène d'ivresse, dit Millefeuille, et il ajouta, avec un grand geste, large, d'ivresse et de vérité. Laquelle ?

Chacun se disait dans sa tête, Quand même quel couple on fait, et rigolait, était secoué de rire.

Quand Charles partit, Millefeuille ne réussit pas à dormir, l'alcool évidemment, mais aussi la citation sur les civilisations mortelles, elle l'obsédait littéralement. Il avait des images d'un voyage en Égypte qu'il avait fait avec Deborah et Jean une vingtaine d'années auparavant, il voyait les temples d'Assouan, les grands pharaons, assis, debout, ces colosses, tout ça bien fini, terminé, et pourtant, l'art traversait les siècles, le sourire de Ramsès était si présent… Il se souvenait de comment ils avaient posé tous les trois entre les jambes de Ramsès II, le guide avait pris une photo, c'était le guide qui l'avait suggéré, bien sûr c'était ridicule, mais, après tout comme il l'avait dit à Deborah, en même temps c'était bien la question, comment on se situait dans l'Histoire, qui, mais qui, était-on.

Deborah, qui pouvait être taquine, avait dit, Tu sais très bien qui tu es, tu es l'époux de Deborah et le père de Jean. Il avait ri, mécontent.

Il voulut regarder un film, ne trouva rien, feuilleta quelques vieux journaux, lut un article sur les nouvelles tendances de la musique, ne comprit rien, s'énerva, ensuite se sentit abandonné. Je suis abandonné de tous, il se répéta la phrase plusieurs fois.

Il pensa à son fils, en train de se promener à Zanzibar, se représenta l'Afrique, la côte est, Zanzibar, l'océan Indien, il voyait son fils marchant sur la carte. Et lui en Europe. Tout ça était grotesque. Il haussa les épaules. Mais c'était quoi, tout ça ?

Il finit par se coucher, il était 3 heures du matin. Il fit un rêve effrayant, des Pygmées le narguaient, lui passaient sur le corps, des masses et des masses de Pygmées, et lui d'en haut, les regardait grimper, monter, escalader ses jambes, son torse, il subissait, impuissant. Il se tourna et se retourna dans le lit et se réveilla épuisé.

Dans la journée il pensa plusieurs fois à Léo. Il se demanda si ses vacances étaient bonnes, se dit qu'il l'appellerait à la rentrée, pour parler de son chapitre.

Oui, mais il n'en avait rien pensé.

Il se dit qu'il l'appellerait quand même.

Il essaya de comprendre pourquoi il ne pensait rien, rien de rien, du chapitre.

Le blanc l'envahit subitement.

« Ah je me chapitre », ce jeu de mots idiot, il se le disait, idiot, lui prenait la tête, ça ne le faisait pas rire, pas du tout, mais ça lui collait à la tête.

Chapitrer, faire la leçon, sermonner. Réprimander.

Les mots dansaient devant lui, s'élevaient dans l'air, retombaient lourdement, petits chapitres, grands chapitres, certains mots avaient l'index levé et fronçaient les sourcils, grondaient, criaient, d'autres calmement et en silence manifestaient leur désapprobation totale, totale, totale.

Millefeuille finit par mettre les mains sur ses oreilles et dit à voix haute, Non mais ça suffit.

Il alla dans la cuisine, but un verre d'eau et sortit sur le balcon.

Il pensa à Zoé avec affection.

Quel joli couple.

Il se dit qu'il pourrait donner à Zoé un bijou de Deborah, il avait gardé des bagues, des bracelets, des colliers, des broches. Il avait toujours pensé qu'il préférait les donner que les garder pour rien, il en avait donné aux filles de Micheline, mais il en restait.

Ah mon imbécile de fils ! s'exclama Millefeuille, mon imbécile de fils, même pas fichu d'avoir une petite amie, une amie de cœur, une fiancée, à qui je pourrais faire ce cadeau. C'est stupide.

Et je ne parle pas d'avoir des petits-enfants, Millefeuille soupira, il se sentait triste. Pas de petits-enfants.

Comme il n'avait pas envie d'être triste, il se força à travailler, son article avançait, les Rois défilaient. Vers 4 heures il descendit faire un tour. Sa boulangerie habituelle était fermée, il hésita et décida d'aller rue de Rennes. Ensuite il s'assit dans un square à côté d'une petite église boulevard Montparnasse, il y avait quelques bancs, des jeux et un bac à sable et il lut tranquillement le journal avant de rentrer.

Il se prépara un dîner léger, pommes de terre salade, ah on ne va pas se laisser mourir de faim, les pommes de terre à l'eau c'est encore ce qu'il y a de mieux, et quand ce fut prêt il s'installa, éplucha une pomme de terre, se versa un verre de côtes-du-rhône, leva son verre, et s'entendit dire, À ceux qui viendront après nous. De pur étonnement il posa son verre, la fourchette et la pomme de terre. La phrase résonnait dans l'air, elle ne le quittait pas. Il haussa les épaules, mangea très lentement une pomme de terre et une feuille de salade, but une gorgée de vin, tout ça les yeux sur son assiette. Il se redressa, les mots étaient toujours là, ils se promenaient devant lui, se trémoussaient, le narguaient, il avait l'impression de voir une guirlande en papier avec des petits personnages découpés comme le font les enfants.

Et comme par hasard, eh oui, comme par hasard, se dit Millefeuille avec une ironie appuyée, ils ont tous la tête de Jean, la même tête exactement.

Il haussa encore les épaules, faillit leur tirer la langue, se retint, et considéra quelques souvenirs de Jean qui défilaient maintenant devant ses yeux. Jean enfant, Jean adolescent, toujours timide, toujours mal à l'aise. Les pieds en dedans, voilà ce qu'il avait. Mal à l'aise et mal habillé, et ce n'était pas la faute de Deborah, elle lui avait toujours choisi des vêtements seyants, mais lui, il mettait toujours la même chose. Ses éternels cols roulés.

Il le vit à une fête de fin d'année à l'école, il jouait dans une pièce, quoi, il ne se rappelait pas, aucune présence, et il oubliait son texte.

Lui, Millefeuille, n'apparaissait pas dans l'image, dans aucune. Au bout d'un moment ça lui fit un effet bizarre, il se dit, C'est drôle, je ne me vois pas. Il finit de dîner, but encore deux verres en méditant des pensées vagues, et lut en écoutant de la musique jusqu'à tard dans la nuit.

Depuis qu'on lui avait volé sa carte bleue, et même si le voleur n'avait pu prendre que quelques espèces, la carte avait été très rapidement bloquée, Jean-Pierre Millefeuille avait toujours un petit moment d'hésitation avant d'aller au Monoprix. Il avait eu plusieurs fois l'impression de reconnaître dans la rue ou dans le magasin le type qui lui avait pris sa carte, mais il savait que c'était une réaction normale, comment non, d'ailleurs la policière le lui avait dit quand il était retourné au commissariat pour la remercier de nouveau, parler avec elle, et il surmontait son hésitation, et après il n'y pensait plus.

Ce qu'il aimait, c'était combiner le marché boulevard Edgar-Quinet et le Monoprix.

Il commençait par le Monoprix, parce qu'il se faisait livrer.

Il prenait tout son temps au rayon vins et alcools, et discutait souvent longtemps avec le caviste, compétent et de bon conseil, qui dans une autre vie, comme il l'expliquait souvent à Millefeuille, vivait dans le Midi et travaillait la vigne.

Pas la mienne, hein, il soulignait toujours avec un grand geste, mais j'aimais ça, c'était ma passion.

Millefeuille l'écoutait toujours avec attention et hochait la tête, ah, c'est intéressant.

Après les boissons, les produits d'entretien lourds et de base, et c'était fini pour le Monoprix.

Parfois il prolongeait, il allait regarder les pullovers, les pyjamas, les chaussettes, les sous-vêtements. Il aimait « faire une affaire », ou du moins le croire, il l'avouait, trouver quelque chose de pas cher du tout, lui très élégant, il disait que ça lui rappelait sa jeunesse.

La commande passée il allait au marché à côté.

Le marché Edgar-Quinet s'étalait deux fois par semaine, et depuis qu'il habitait rue Antoine-Bourdelle Millefeuille avait pris l'habitude d'y aller quand il pouvait avec Deborah, maintenant il continuait seul.

Il avait toujours un instant d'enthousiasme en arrivant, il se sentait soulevé, l'abondance, la variété, Ah c'est le monde, il s'exclamait, le monde est là.

Les fruits, les légumes, les salades, les herbes, ciboulette, basilic, coriandre, toutes les variétés de pommes de terre, charlotte, roseval, belle de Fontenay, les poissons de mer et d'eau douce.

Les fromages. Il choisissait un fromage maigre et ne manquait jamais d'adresser un sourire ironique à de Gaulle, « comment voulez-vous gouverner un pays où il existe 246 variétés de fromages », avait dit le général.

Les condiments, les moutardes, les épices, les huiles. Les olives.

Pas la viande. Il avait son boucher avenue du Maine, un monsieur sérieux et mélancolique qui débitait le bœuf ou l'agneau sans jamais prononcer une parole. Millefeuille le regardait faire religieusement, n'essayait même pas d'engager une conversation. Mais viande excellente.

Sur le marché Millefeuille pouvait acheter une volaille, ou de la charcuterie bretonne.

Il y avait des coins où se regroupaient des Maghrébins, et il y passait systématiquement. Étudiant il avait été anticolonialiste et il s'était fait réformer pour ne pas partir en Algérie pendant la guerre. Il s'attardait un peu, discutait avec l'un ou l'autre, achetait un pain ou des gâteaux ou de la semoule, prenait des nouvelles, hochait la tête, soupirait souvent.

Il regarda ce qu'il y avait sur l'étalage du Grec, choisit des olives noires, pensa comme toujours à ses vacances en Grèce avec Deborah et Jean enfant, à la mer Méditerranée.

En payant, tout d'un coup très triste. Il voulut parler au vendeur, lui dire quelque chose, il lui dit, « À l'arc est donné le nom de la vie, et son œuvre est la mort », c'était une de ses citations préférées. Mais le vendeur n'entendit pas, ou ne réagit pas, et lui rendit sa monnaie tranquillement. Millefeuille se sentit absurdement déprimé.

Je suis seul, se dit Millefeuille. Personne ne me comprend.

Il alla chez l'Italien, prit des pâtes fraîches très bonnes mais dont il n'avait aucune envie. Malgré le ciel bleu, ou peut-être à cause de lui, la dépression augmentait. Il décida de revenir sur ses pas, et s'arrêta dans un coin qu'il affectionnait, le coin des épices. Poivres, anis, girofle, thym, safran, cumin.

Des savons aussi, des thés.

Noix diverses, pistaches, fruits secs.

Il regarda les fleurs, choisit un bouquet dans les rouges, splendide.

Voilà, se dit Millefeuille. Voilà, il répéta. On trouve tout.

L'Empire romain, dit Millefeuille à voix haute et il secoua la tête, il développait pour lui-même l'image, la métropole où tout affluait, les routes y convergeaient, les routes et les cultures, le travail, les gens.

Il décida d'aller faire un tour chez Martine, qui vendait du poisson, forte femme d'une cinquantaine d'années, qui avait l'habitude de crier devant ses filets ou ses rougets, ou ses autres arrivages, Regardez comme je suis belle aujourd'hui, voyez comme je suis belle.

Une des premières fois qu'il l'avait entendue, Millefeuille s'était approché et lui avait dit, Mais oui, très belle, en riant.

Elle avait ri aussi et avait répondu du tac au tac, C'est une manière de parler. Millefeuille, étonné, avait failli l'embrasser. Il lui avait dit qu'il enseignait la littérature. Elle adorait lire. Il lui apportait régulièrement des romans, et lui racontait sa vie.

Mais pour une fois Martine n'était pas là.

Millefeuille, désemparé, alla dire bonjour à monsieur Li, un Vietnamien avec une histoire terrible, venu en Europe sur un bateau minuscule avec ses parents, qui proposait sous une affiche manuscrite ses services de réparateur télévision, radio. Millefeuille avait une petite radio, un transistor vétuste mais auquel il tenait, qui était tombé en panne depuis longtemps, et monsieur Li l'avait réparé. Millefeuille s'intéressait à lui, à ses filles, il n'avait que des filles, toutes brillantes.

Mais ça ne lui remonta pas le moral.

D'autant que rentrant finalement chez lui, un peu chargé quand même, il croisa un couple qu'il avait déjà remarqué, des jeunes hirsutes, sales, l'air méchant et désespéré, un garçon et une fille, tellement jeunes, qui lui demandèrent de l'argent. Il secoua la tête, continua sans s'arrêter, il avait les bras pleins de paquets.

L'Empire romain, dit encore Millefeuille, à voix haute.

Derrière lui on l'insultait.

Il raconta l'incident à Jeanne qui était passée à l'improviste, apportant une quiche. Comme ça je suis sûre que tu manges quelque chose de bon, les hommes ne savent pas se nourrir quand ils sont seuls.

Voyons, Jeanne, avait rétorqué Millefeuille, ça fait un moment que je suis seul et je ne suis pas encore mort.

Après il ne fut pas du tout content de cette phrase.

Jeanne le regarda drôlement.

Non, dit Jeanne, non, tu n'es pas mort.

Mais je te trouve bizarre, en ce moment.

C'est ta spécialité, de me trouver bizarre, dit Millefeuille, en mettant la quiche au four et en ouvrant une bouteille pour Jeanne, elle aimait le vin.

Peut-être, dit Jeanne, peut-être. Mais je te trouve bizarre en ce moment.

Impulsivement Millefeuille lui dit :

En ce moment je pense beaucoup à la mort.

Ah, dit Jeanne, en fronçant les sourcils. Tu es malade ?

Pas du tout, dit Millefeuille, pas du tout. Je suis en pleine forme.

C'est vrai, dit Jeanne en le scrutant. Tu m'as l'air bien. Alors ?

Alors, dit Millefeuille, alors rien. Je pense à la mort. Sans y penser, dit Millefeuille en souriant, mais il se sentait oppressé, avec le sentiment d'une erreur, il n'aurait jamais dû commencer cette conversation.

La mort, il n'y a rien à en dire, dit Jeanne avec férocité. Il ne faut pas être malade, c'est tout.

Je ne suis pas malade, dit Jean-Pierre Millefeuille.

Il ajouta, c'était comme s'il ne pouvait pas s'empêcher :

J'ai rêvé des pharaons.

Des pharaons, dit Jeanne, des pharaons ?

Ils sont morts il y a six mille ans, dit Millefeuille, et on pense encore à eux.

Mais enfin, dit Jeanne, que cette discussion énervait, pas besoin d'être pharaon pour qu'on pense à vous après votre mort.

Je sais, dit Millefeuille, je sais.

Quand même, dit Millefeuille. Il regarda Jeanne et sentit que ses yeux s'embuaient de larmes. Il se trouvait ridicule. Au bout d'un moment il arriva à dire avec une petite voix :

Personne ne va penser à moi.

Jeanne le regarda, estima que c'était sérieux,

se versa un autre verre de vin, et entreprit de lui démontrer le contraire. Elle lui énuméra la quantité énorme de personnes qui allaient penser à lui quand etc., elle ne prononça pas le mot, ses élèves, ses amis, son fils, Enfin voyons, Jean-Pierre.

Au bout d'un moment Millefeuille retrouva son calme.

Tout ça, dit Millefeuille, est idiot.

Je ne te le fais pas dire, dit Jeanne.

Mais, dit Millefeuille.

Mais ? dit Jeanne.

Millefeuille finissait toujours par être un peu agacé avec son amie, il éprouvait même une sorte de rivalité, il n'avait pas eu de sœur mais il pensait que ça devait être comme ça, une rivalité avec une sœur.

Mais. Je suis envieux des pharaons, dit Millefeuille. De Ramsès II. Comment ne pas être envieux, dit Millefeuille, il se sentait en train de provoquer Jeanne, il la poussait dans ses retranchements, toi, tu ne sens pas ça ? Tu ne te sens pas envieuse ? Je suis sûr que si, dit Millefeuille.

Envieuse, de Ramsès II ? moi ?

Jeanne haussait les épaules.

Millefeuille insista, insista.

Jeanne, excédée.

Non, non, non, et vraiment, Jean-Pierre, excuse-moi, mais si c'est discuter pour discuter, non, je ne vois pas l'intérêt.

Au fond de lui Millefeuille savait que c'était

une joute, un duel, une sorte de débat enfantin, un peu faux. Ramsès II…

Pourtant pourtant pourtant. Il y avait quelque chose là-dedans, se disait Millefeuille. Il y avait quelque chose.

Millefeuille se réveilla très tôt, travailla avec un acharnement appliqué à ses Rois, et ne sortit que tard.

Il passa voir Charles au magasin, et Charles, très heureux de le voir, lui dit que sa femme avait adoré la veste et voulait absolument l'inviter à dîner. Millefeuille accepta, ce serait le lendemain.

Il était ravi de rencontrer Aïsata et les enfants.

Il rentra, écouta de la musique, et pensa beaucoup à Charles.

Le lendemain, il alla acheter des roses, deux douzaines, et se fit très beau. Charles habitait Saint-Denis, Millefeuille décida de prendre un taxi, vérifia qu'il y avait un GPS, mais Charles n'habitait pas loin du RER, ce ne fut pas difficile à trouver.

Aïsata, magnifique. Les enfants, quatre, six et dix ans, vinrent montrer leurs cahiers. Ils ne partaient pas en vacances mais ils allaient au centre aéré.

Pendant le repas Aïsata mit un fond de musique africaine, chants et percussions.

Histoires de famille, frères et sœurs, enfants, neveux, cousins. Éducation, respect pour le professeur.

Poisson extraordinaire. Pimenté mais pas trop.

Charles et Millefeuille discutèrent beaucoup pendant le dîner, intégration, immigration, identité.

L'Europe, l'Afrique.

Le racisme dégoûtant, les difficultés.

Aïsata ne travaillait pas mais s'occupait d'une association de femmes et aidait au soutien scolaire.

Millefeuille, enchanté de tout.

Les enfants allèrent se coucher, Millefeuille discuta encore avec Charles, ensuite il appela un autre taxi, direction Paris, facile.

Il se déshabilla en chantonnant.

Il se préparait à se brosser les dents quand il se souvint d'une scène dans un film de François Truffaut, Jean-Pierre Léaud devant un miroir, et il se mit à répéter sur tous les tons possibles, Jean-Pierre Millefeuille, Jean-Pierre Millefeuille, Jean-Pierre Millefeuille, vite, vite, vite, ensuite lentement, de nouveau accéléré, fort, doux, chuchotement, murmure, de nouveau très fort.

Jean-Pierre Millefeuille, Jean-Pierre Millefeuille, Jean-Pierre Millefeuille, Jean-Pierre Millefeuille, Jean-Pierre Millefeuille.

Ça le faisait rire en même temps, ensuite

moins, à la fin, mais ça ne finissait pas, comment finir, c'était impossible de finir, la fin c'était l'épuisement, donc à la fin, pas du tout, mais alors ça ne le faisait pas rire du tout.

Je deviens fou, se dit Millefeuille, ça va pas la tête.

C'est à cause de Charles, essaya Millefeuille en rigolant. Oui, c'est la faute de Charles.

Non mais qu'est-ce que c'est que ça, se dit encore Millefeuille.

Vive l'Afrique, dit Millefeuille à voix haute en rigolant encore. S'il n'y avait pas d'Afrique il n'y aurait pas d'Africains.

Il alla se coucher et fit un rêve avec Aïsata, qui le cajolait, le berçait et le consolait.

Who is it that can tell me who I am, Millefeuille était à sa table devant cette phrase, il reprenait *Lear*, récemment quelqu'un lui avait dit que c'était une pièce sur la paternité, il ne se rappelait plus qui, c'était vraiment limité, paresseux comme lecture, aucun intérêt, psychologie de bazar. L'identité, ça oui, ça c'était une question. Toute la vie on cherche la réponse, et la réponse c'est la vie…

Pendant qu'il écrivait, on sonna, c'était Sammy qui lui apportait des DVD qu'il avait commandés. Sammy ne partait jamais en vacances, il habitait en banlieue, seul, avec son chat. Millefeuille lui proposa de venir regarder un des films chez lui quand il aurait fini sa journée, ils avaient déjà fait ça, ils aimaient beaucoup regarder un film ensemble. Sammy accepta très volontiers, d'autant qu'il n'avait pas revu depuis longtemps le film proposé par Millefeuille, *La Prise du pouvoir par Louis XIV*.

C'est pour mes Rois, avait dit Millefeuille.

Début de soirée, ciel violet, agréable. Fenêtres ouvertes, ils burent un verre, Millefeuille un whisky, Sammy un pastis, discutèrent un peu politique, remarquèrent qu'il ne se passait rien, et mirent le DVD.

Ils le regardèrent, saisis. Aucun ne se rappelait vraiment le film.

Peut-être, dit Sammy, que quand on l'a vu on était trop jeunes.

Peut-être, dit Jean-Pierre Millefeuille.

Le lever du Roi, la soubrette, la jeune reine épanouie, la mort de Mazarin, l'arrestation de Fouquet, la cour, les nobles, Versailles, le repas du Roi, les costumes, la Reine mère, tout était placé sous la volonté de Louis d'inventer la monarchie absolue, l'unification du pays, l'État…

Au bout d'un temps de silence, Millefeuille dit, Vous avez vu comment Mazarin se fait maquiller, c'est incroyable cette scène.

On sent la peau, fragile, fragile. Cette enveloppe.

Et comment on le saigne. Les médecins.

Millefeuille secouait la tête, très affecté.

Le Roi. C'est un gamin. Mais il décide d'être roi. Il entre dans le costume de roi. Il est le roi.

La scène du costume. Cette perruque, ces bas.

Du sublime au ridicule… Mais ce qui est grand, c'est la décision d'être roi.

Il décide d'être roi.

Millefeuille répétait la phrase dans tous les sens, comme si elle allait livrer un secret.

Sammy, un peu inquiet, dit, Quelle vie, la vie

de roi, tout est public. Aucune intimité. Comment supporter ça.

Il rit.

Quand la jeune reine applaudit, les courtisans qui assistent au lever savent que ça veut dire que le Roi a accompli ses devoirs conjugaux…

Oui, dit Millefeuille, oui.

Il fit un geste pour écarter quelque chose et redit encore, Il prend la décision.

Tout d'un coup, rêveur.

Il murmura, presque pour lui-même, C'est intéressant.

Sammy, un peu gêné, attendait.

Millefeuille secoua la tête et dit, La fin du film, il veut être seul, il prend tout son temps pour se déshabiller, il enlève des couches et des couches de vêtements, les dentelles, la perruque, et il dit quelque chose sur le mérite, c'est La Rochefoucauld et c'est la dernière phrase du film, « Le soleil ni la mort ne se peuvent regarder fixement ».

Cette phrase, dit Millefeuille, m'a pénétré.

Sammy le regarda.

Mais… ajouta Millefeuille.

Sammy attendait.

Mais… dit encore Millefeuille.

Après il ne dit rien.

Sammy dit qu'il devait rentrer, Grégoire, c'était son chat, l'attendait.

Millefeuille l'accompagna jusqu'au métro, et rentra, la tête vide.

Il dormit mal, se réveilla de mauvaise humeur, il ne savait pas ce qu'il avait rêvé mais il savait que c'était mauvais, c'est tout, et se mit à sa table avec fureur, J'en ai assez, je ne finirai jamais, à quoi bon, de toute façon, quel ennui, je rabâche, je ressasse, j'en ai assez.

Au bout d'un moment il se calma, relut quelques pages, les Rois prenaient forme, surtout qu'il en était à Macbeth, il adorait *Macbeth*, moins que *Le Roi Lear*, mais en un sens c'était plus facile.

Comment peut-on tuer quelqu'un ?

Tout le monde peut souhaiter la mort d'un autre, tout le monde peut vouloir tuer.

Les Rois, au fond, ce sont des hommes ordinaires. Ils sont sur une grande scène, historique, de théâtre, mais tout ce qu'ils pensent, on le pense, on peut le penser.

Tuer.

Est-ce que j'ai envie de tuer quelqu'un, se demanda Millefeuille en souriant.

Plein de gens.

Mais sérieusement ?

Trop de travail, se dit Millefeuille en souriant encore plus, vraiment trop.

Oui, se dit Jean-Pierre Millefeuille, oui, mais il y a beaucoup de façons de tuer.

Il fut étonné de cette pensée, essaya de la comprendre, ne réussit pas, la tourna plusieurs fois dans sa tête, en se disant, Intéressant, très intéressant, renonça.

Mais la pensée restait là, collée.

Il reprit *Macbeth*. Après un meurtre plus rien n'est comme avant.

Le temps change. Le temps n'est plus le même. On est passé dans un autre temps.

Il s'arrêta d'un coup.

Est-ce qu'on ne se tue pas aussi soi-même ?

Comment ça ?

Se tuer ? Se détruire ? S'abîmer ? Se pourrir ? Se pourrir la vie ? Est-ce qu'on ne le fait pas ? Sans cesse ? Systématiquement ?

Comment ne pas le faire ?

« Le bruit et la fureur », mais c'est aussi à bas bruit.

Tout petit, tout petit.

On se défait.

Parfois mon bras est loin de moi, raide et loin.

Parfois c'est mon pied.

J'ai déjà remarqué ça.

Il y a cette expression, avoir des fourmis dans les jambes.

Des fourmis ou des Pygmées ? Pourquoi des fourmis ?

On part en morceaux, en morceaux minuscules, en miettes, on s'émiette, on s'effrite.

Millefeuille, de plus en plus malheureux. Une spirale.

Il se sentait descendre, vers le bas, toujours plus bas.

Il s'arracha, et entreprit de relire pour la énième fois *Tomorrow, and tomorrow, and tomorrow…*

La traduction ne le satisfaisait pas, mais il n'arriva pas à faire mieux. Il se leva, fit un tour, écouta de la musique, mais ne réussit pas à transformer la journée.

Il dormit très bien, et se dit en se réveillant, Quand on descend trop bas, il n'y a qu'une chose à faire, c'est remonter. Il se fit du café et des œufs, reprit *Macbeth*, et décida en fin de matinée d'aller s'acheter une paire de mocassins dont il avait besoin. Il sortit, guilleret, il aimait beaucoup s'acheter des vêtements, il avait l'intention de faire un tour rue de Rennes. En arrivant sur la place du 18-Juin-1940, il vit le 95, et sauta dedans sans réfléchir.

Mais c'est le bus que j'ai pris pour aller aux Galeries, avec Micheline, se dit Millefeuille en s'asseyant. Je pourrai aller d'abord vers l'Opéra, il y a du choix.

Je verrai peut-être Joseph, se dit Millefeuille, avec inquiétude. Je suis sûr que je verrai Joseph.

Je n'ai aucune envie de voir Joseph.

Tant pis, j'y vais, se dit Millefeuille. Si je le vois… si je le vois… eh bien je le verrai, il haussa les épaules.

Après tout… Il ne compléta pas.

Au bout d'un moment il se dit, Je voulais le retrouver.

Et, plus tard, le bus arrivait devant le Louvre, Mais j'ai peur de le revoir.

Le magasin de chaussures qu'il avait en tête était juste à côté des Galeries Lafayette, et quand Millefeuille descendit du bus, il avait le cœur serré.

Il fit quelques pas, et se posta au feu pour traverser.

Il entendit derrière lui, Jean-Pierre.

Il se retourna, Joseph le regardait, Millefeuille pensa, avec un air ironique.

Joseph, dit Jean-Pierre Millefeuille.

Qui d'autre, dit Joseph.

Tu es revenu, ajouta Joseph.

L'autre fois tu avais disparu, dit Millefeuille.

C'est toi qui es parti, remarqua Joseph. Tu m'as l'air fatigué.

Et toi, ça va, demanda Millefeuille.

Qu'est-ce que tu en penses, dit Joseph avec un grand geste, qui écartait son manteau, son horrible manteau trop long, pensait Millefeuille, et montrait un pull-over crasseux et un pantalon très moche.

Tu m'as l'air en forme, dit Millefeuille.

Joseph rit.

Tu penses que je suis fou, dit Joseph.

Pas du tout, dit Millefeuille.

Je ne suis pas fou, je suis un résistant, dit Joseph.

Tu l'as toujours été, dit Millefeuille.

Tu m'invites, demanda Joseph.

Bien sûr, dit Millefeuille consterné. Tu veux aller où ?

Au bistrot, dit Joseph, en montrant un café de l'autre côté du boulevard.

Où d'autre, ajouta Joseph.

Allons-y, dit Millefeuille.

Ils traversèrent le boulevard et entrèrent dans le café, visiblement on connaissait Joseph. Joseph demanda un petit blanc, Millefeuille prit un crème.

Tu ne veux pas t'asseoir, demanda Millefeuille, qui se sentait épuisé.

Non, tu vas partir vite, dit Joseph.

Il regarda Millefeuille, lui fit un clin d'œil, et tout d'un coup ne dit plus rien.

Millefeuille lui demanda où il habitait, Joseph le regarda en silence.

Millefeuille lui demanda ce qu'il faisait, il ne dit rien.

Au bout d'un moment, Millefeuille, qui avait bu une gorgée de son crème et ne pouvait plus rien avaler, dit qu'il devait faire une course, et fit un geste au patron, l'addition.

Il demanda à Joseph, Tu n'as besoin de rien ?

Joseph le regarda, Millefeuille crut percevoir de nouveau de l'ironie.

Il paya, salua le patron, prit Joseph par les épaules et le serra.

Joseph, tout mou.

Millefeuille partit en disant, À bientôt, Joseph.

Joseph ne lui dit pas au revoir.

Millefeuille sortit du café, traversa le boulevard, alla regarder la vitrine du magasin de chaussures à côté des Galeries, ne vit rien, resta un moment la tête baissée, se rendit compte que ses chaussures étaient pleines de poussière, s'assit sur un banc et les nettoya avec un mouchoir en papier.

Ensuite il dit à voix haute, Ça va bien comme ça, et décida de descendre l'avenue de l'Opéra, il y avait une quantité énorme de magasins de chaussures sur l'avenue de l'Opéra.

Il se sentit mieux, marcha jusqu'à l'avenue, et prit plaisir à la descendre lentement, très lentement, on voyait au loin les arcades du Louvre, le ciel, on pouvait deviner la Seine.

Il passa un magasin de chaussures, un autre, rien pour lui, mais tout ce que je veux c'est une simple paire de mocassins, il n'y a rien, qu'est-ce que c'est que ça, et continua, il était presque arrivé rue de Rivoli.

Au coin en face de la Comédie-Française

s'étalait une grande vitrine, des sandales et des sandales, des chaussures à talons hauts, des ballerines, toutes les couleurs possibles, du doré, du blanc, du noir, et sur le côté une paire de mocassins, beige, exactement ce que Millefeuille avait en tête.

Il entra, la montra à la vendeuse, elle lui trouva la bonne taille, lui fit essayer, confort total, il paya et sortit son paquet sous le bras, tout ça en dix minutes, ah vive la société de consommation, se disait Millefeuille qui avait retrouvé de la bonne humeur, d'autant qu'il avait eu le temps de demander à la vendeuse son prénom, c'était Samia, Ah j'adore ce prénom, j'ai une amie qui s'appelle Samia, pure invention mais elle lui avait souri, elle avait un sourire merveilleux.

Il marcha encore un peu, jeta un œil sur le Louvre et sa pyramide, traversa la Seine, et s'arrêta pour regarder l'eau. Il s'accouda un moment sur le pont du Carrousel, il était tout de même fatigué. Une péniche passait, un enfant sur la péniche le héla, joyeux, Millefeuille lui fit un geste de la main, l'enfant, très content, répondit en criant quelque chose, Millefeuille n'entendit pas.

La péniche s'éloigna, maintenant l'enfant sautait sur place en faisant des gestes d'au revoir.

Millefeuille ne répondit pas, à bas les enfants, il se le dit et se le répéta, et se détourna avec fureur.

Sa bonne humeur était partie.

Il attendit son autobus, trouva une place dans le fond, et rentra gare Montparnasse, sombre.

Arrivé chez lui il s'assit devant la fenêtre et dit, Il n'est pas possible, Joseph.

Il n'est pas possible, Joseph. Il est infernal. Je voudrais l'aider, comment l'aider, on ne peut pas l'aider, il refuse qu'on l'aide.

Il est fou. C'est tout.

Je suis sûr qu'il a toujours peur des poissons.

Les yeux des poissons. Il en parlait tout le temps. Les yeux froids des poissons. Il ne pouvait pas manger de poisson, il ne voyait pas un poisson dans son assiette, il voyait un cadavre.

Qu'est-ce qu'il vient m'emmerder, oui, je dis bien, m'emmerder, Millefeuille était devant la fenêtre ouverte, il se retenait pour ne pas crier, il m'emmerde avec son poisson, son écharpe, son manteau, ce manteau, mais il est répugnant, ce manteau, comment il peut porter un manteau pareil, c'est pas un manteau, c'est une loque, un chiffon, il part en morceaux, ce manteau, c'est Joseph qui part en morceaux.

Moi je ne veux pas partir en morceaux, je ne veux pas partir, il m'emmerde, je le dis bien haut et fort, Millefeuille gesticulait, tu m'entends, Joseph, tu m'emmerdes.

Je ne veux plus rien savoir de toi, Joseph, je te préviens. Ne viens plus m'emmerder.

Il ne m'a pas donné son adresse.

Tant mieux.

J'aurais pu insister.

Je suis sûr qu'il a senti que je ne voulais pas qu'il me donne son adresse.

Eh bien tant pis.

Qu'il aille au diable, *vade retro satanas*.

Joseph, je ne veux plus rien avoir à faire avec toi.

Il a ce regard ironique, mais ironie de quoi, je vous le demande, il me juge, il me nargue, quand je pense que je t'ai connu, à quel âge on s'est connus, on était encore des enfants, ou presque.

Mon vieux camarade Joseph. Quel gâchis, dit Millefeuille en serrant les poings.

Tout d'un coup épuisé, il alla s'allonger sur le canapé et s'endormit quelques instants.

Quand il se réveilla, sa fureur contre Joseph était passée, ou plutôt, s'était transformée en une colère générale contre tout, le pain qui était rassis, le fromage amer, la salade pourrie, son fils Jean qui ne donnait aucune nouvelle, ses amis tous partis, le temps trop chaud, trop lourd, orageux, une horreur.

Et *Macbeth*, qu'il reprit, d'aucun secours.

Un orage s'annonçait, je traversais le jardin des Plantes, j'avais eu envie de passer voir les lions, les animaux étaient agités, ils tournaient dans tous les sens. Je venais de la Bastille, je rentrais.

J'étais encore dans la rue quand mon téléphone sonna, c'était Jean-Pierre Millefeuille, Vous êtes là, qu'est-ce que vous devenez, vous m'abandonnez.

Je souris dans mon portable, pensai qu'il exagérait, dis gentiment, Mais c'est vous qui êtes parti, et avez promis de passer.

Quand ? demanda immédiatement Millefeuille. Il n'avait pas l'air en forme. Je dis que je pouvais venir maintenant, le temps d'arriver.

Je le trouvai blanc, les traits tirés, et confus, il parlait sans arrêt, il me raconta sa rencontre avec son vieil ami Joseph, je ne suivais pas bien.

Son fils le préoccupait, est-ce que moi j'avais des nouvelles de Léo, de Zoé, j'en avais, d'excellentes, ils travaillaient bien, se baignaient.

Millefeuille n'eut pas l'air vraiment content. Il dit, J'espère les voir à la rentrée. Je n'eus pas la présence d'esprit de demander s'il avait lu le chapitre.

Il me dit tout d'un coup, Parfois j'ai du mal à me situer.

Comment ça, je ne saisissais pas.

À me situer, Millefeuille répétait.

Vous savez, j'aimais beaucoup ma femme, dit Millefeuille.

Elle ne me comprenait pas toujours, mais je l'aimais beaucoup.

Peut-être c'était mieux comme ça, dit Millefeuille au bout d'un moment.

Je veux dire, qu'elle ne me comprenne pas.

Je hochai la tête et souris. En fait il m'inquiétait un peu.

Il me parla de la guerre, de sa famille, de la Résistance.

Il ajouta, les résistants, on les prend souvent pour des fous.

J'étais d'accord avec cette phrase, mais je la trouvais bizarre venant de lui.

Je lui dis que ce serait une bonne idée de sortir. Il dit qu'il était fatigué, mais j'insistai et je l'emmenai au Select.

Il y avait beaucoup de monde, et lui, immédiatement à l'aise, content.

Je ne savais pas qu'il était un habitué. Il me présenta au patron, au garçon, ce soir c'était Gérard, et se mit à parler avec tout le monde.

Beaucoup d'Américains, le café de Hemingway quand même, des touristes, mais aussi des gens du quartier.

L'ambiance devint rapidement électrique, l'orage éclata, il commença à pleuvoir très fort, tonnerre, éclairs, des gens entraient, complètement mouillés, tout le monde riait, ah les pluies d'été, riait et parlait très fort comme pour couvrir l'orage.

Une femme trempée entra et dit qu'il fallait qu'elle se déshabille, il y eut un moment de silence, elle ne se déshabilla pas du tout.

Des couples, en masse. Tout le monde se serrait l'un contre l'autre. Personne n'avait de parapluie.

Millefeuille, aux anges, parlait encore plus, se liait, s'informait, donnait des conseils.

Joie générale.

Millefeuille était tiré de sa mélancolie et déployait des tonnes d'humour. Il raconta une histoire.

Un homme cherche le sens de la vie, lit, fait des recherches, consulte partout, on lui parle d'un moine au Tibet, très célèbre, très sage, il dépense un argent énorme, apprend le tibétain, apprend l'escalade, arrive au Tibet, obtient un rendez-vous, finit par rencontrer le moine, et lui pose la question. Le sens de la vie.

Le moine lui dit, C'est des œufs au plat.

Comment ça, des œufs au plat ?

Oui, des œufs au plat.

J'ai fait tout ce chemin, dépensé tout cet

argent, appris le tibétain, appris l'escalade, pour m'entendre dire ça ?

Le moine, subitement pâle : comment, comment, comment ? Ce n'est pas des œufs au plat ?

Tout le monde éclata de rire.

Je ris aussi, mais l'histoire, ou peut-être c'était la façon dont Millefeuille la racontait, me fit plutôt un drôle d'effet.

L'orage cessa, la pluie diminua petit à petit et s'arrêta.

Je raccompagnai Millefeuille chez lui, il était un peu ivre, pas vraiment, juste éméché, et tout d'un coup de très bonne humeur.

En se réveillant le lendemain Jean-Pierre Millefeuille repensa avec plaisir à la soirée et à l'orage.

Le ciel était net, lavé, il brillait d'un bleu éblouissant. Il décida de passer l'aspirateur, la femme de ménage ne revenait pas avant la fin du mois. Il s'activa un moment, ensuite il s'assit à sa table, écrivit deux pages sur *Macbeth*, et, content de lui, sortit faire des courses au Monoprix.

Ce n'était pas un jour de marché, mais devant le Monoprix il y avait, comme souvent, un stand de produits bretons. Millefeuille ne s'arrêtait jamais, il n'avait confiance que dans les vendeurs qu'il connaissait sur le marché. Il entra dans le magasin mais garda l'image du petit homme derrière son stand avec son visage rond, ses yeux très bleus, habillé en Breton, chapeau, foulard.

Millefeuille pensa à la Bretagne et à Léo et Zoé.

Ils auraient pu donner des nouvelles, envoyer une carte.

Après seulement il se rappela qu'il avait tardé à lire le chapitre.

Qu'est-ce qu'il dirait à Léo.

De nouveau il vit devant lui du blanc, du pur blanc.

Il écarta l'image, ou l'absence d'image, ça suffit, assez, ça va bien comme ça, avança dans le Monoprix, s'absorba dans un échange long, détaillé et passionnant avec le caviste ponctué de C'est intéressant ce que vous me dites, très intéressant, passa une commande, alla au rayon fruits et légumes, acheta de la salade en paquet qui avait l'air fraîche et des kiwis, il aimait le mot, et sortit en sifflotant et en pensant toujours à Léo.

La vie, se disait Millefeuille, la vie…

Une fois dehors et sur le chemin du retour il remarqua les deux jeunes qui lui avaient demandé de l'argent, adossés à un mur les mains dans les poches. Il ralentit en passant devant eux, aujourd'hui il pouvait leur donner quelque chose, il avait de la monnaie, mais ils ne demandèrent rien, ils le regardaient les yeux vides.

Ça ne lui plut pas, l'inquiéta même, et en effet après quelques secondes il se retourna, les deux le suivaient.

Il ralentit, accéléra, ils firent de même. Millefeuille se sentait dans un film mais pas amusé, pas du tout.

Il décida de ne pas rentrer et alla s'asseoir à la terrasse de la grande brasserie à l'angle de sa rue et de l'avenue du Maine.

Il commanda un jus de fruits à Mireille et leva les yeux.

Les deux jeunes étaient là, l'air idiot.

Asseyez-vous, dit Millefeuille.

Après un temps d'hésitation le garçon s'assit, la fille aussi.

Vous êtes trop jeunes, dit Millefeuille, inspiré.

La fille se mit à pleurer. Le garçon regardait ses pieds.

Je ne vous pose aucune question, dit Millefeuille. Je ne veux rien savoir.

Foutez-moi le camp, dit Millefeuille, en sortant de sa poche deux billets de 50 euros.

Le garçon les prit, fit un geste à la fille, ils se levèrent.

Et plus jamais dans le quartier, dit Millefeuille.

Ils partaient déjà, ils se retournèrent et le regardèrent avec des yeux morts.

Il les suivit des yeux, il se sentait soulagé, ah je me sens soulagé, se répétait Millefeuille. Il but lentement, très lentement, son jus de fruits, raconta à Mireille l'orage au Select, et n'y pensa plus. Il resta un petit moment au soleil, tournant en souriant son visage dans un sens et dans un autre, ensuite il se rappela que sa commande de vin allait arriver et il rentra.

Le livreur apporta les bouteilles, Millefeuille rangea le vin et se servit un verre de bordeaux que le caviste lui avait recommandé, il était en effet excellent. Il ouvrit en grand les fenêtres, l'été se déployait, le monde était là, les choses se découpaient, tellement précises dans la lumière, lumière nette, ciel large, on voyait tout, on pouvait tout voir, et Millefeuille voyait tout, en même temps il flottait, il avait l'impression de flotter, d'être sans ancrage.

Je flotte, je suis flottant, il se répétait cette phrase son verre de bordeaux à la main devant la fenêtre du salon.

La rue Antoine-Bourdelle. Personne dedans.

Il pouvait voir le bistrot à huîtres, il était fermé, mois d'août. Le musée, ouvert, semblait vide.

Millefeuille pensa à son fils Jean, il dessinait, mais qu'est-ce qu'il dessinait, depuis longtemps Millefeuille n'avait vu aucun dessin de Jean, peut-être il n'y en avait pas, peut-être Jean ne lui montrait pas.

Que devenait Léo.

Sans doute en train de nager. Ou d'écrire. Ou de faire l'amour avec Zoé.

Gentil couple.

Zoé est très jolie. Pas sa langue dans sa poche. Les filles d'aujourd'hui.

Pourquoi je pense ça.

C'est elle qui m'a demandé si j'avais lu le chapitre de Léo. Léo lui n'a rien demandé.

Léo n'a pas osé. Peut-être.

Je m'en fous complètement du chapitre de Léo.

Je m'en fous, mais alors je m'en fous.

De tout.

C'est idiot de penser ça.

Le ciel est trop bleu, voilà pourquoi.

Je devrais partir. Mais pas en Normandie.

La famille de Micheline, ah non.

Je pourrai retourner en Égypte, ha ha.

Aucune envie.

Pourquoi je me sens flottant comme ça.

Sans ancrage. Ça veut dire quoi, sans ancrage. C'est idiot. Je ne suis pas Macbeth quand même. *A walking shadow*. Un fantôme qui marche.

Tomorrow and tomorrow and tomorrow.

Je trouve que demain ça ne rend pas du tout *tomorrow*.

Alors, comment dire ?

Tout doit pouvoir se traduire. Quel équivalent.

Tomorrow, c'est demain, c'est tout.

A tale full of sound and fury, une histoire pleine de bruit et fureur, Ça oui, c'est exactement ça.

Told by an idiot, signifying nothing.

Racontée par un idiot, ne signifiant rien.

C'est exactement ça.

Macbeth est passé de l'autre côté.

Un crime.

Comment peut-on tuer, tuer quelqu'un.

Je ne pourrais pas. Je ne voudrais pas.

Quelqu'un.

Ce qui est extraordinaire chez Shakespeare c'est le mélange de dialogue et de monologue.

Je dis une banalité.

N'empêche.

Sans dialogue… sans dialogue, il n'y a pas de langage.

Le langage est dialogue.

O.K., comme disent les jeunes, O.K.

Et le dialogue… et le dialogue…

Millefeuille se sentait fatigué, fatigué au-delà de tout.

Son téléphone sonna, c'était Sammy.

Sammy, en larmes ou presque, expliqua à

Millefeuille que Grégoire, son chat, Millefeuille le savait, que c'était son chat, Grégoire était malade, et le vétérinaire était en vacances, et lui Sammy, ne savait pas quoi faire, Grégoire allait très très mal, ça se voyait, il ne voulait pas manger, d'habitude il mangeait très bien, d'accord il était difficile, très difficile, mais il mangeait très bien, et là…

Sammy s'effondrait au bout du fil.

Millefeuille très ému réfléchissait, et dit à Sammy qu'il allait essayer de trouver une solution.

Il raccrocha, réfléchit encore, pensa à une connaissance qui avait une fille vétérinaire, donna plusieurs coups de fil, localisa Emmanuelle, l'appela, rappela Sammy, Grégoire pouvait avoir un rendez-vous.

Il était content mais il continuait de se sentir flottant.

Micheline lui téléphona le lendemain de Normandie, Comment ça va à Paris mon vieux Jean-Pierre, et il lui expliqua longuement qu'il n'allait pas bien du tout. En fait il ne dit pas ça, il parla de Paris, trop vide, du climat, trop chaud, orageux, de l'absence des services, du chat Grégoire, tout s'avérait défaillant, rien n'allait. Et il pensait sans arrêt à Deborah, il le dit à Micheline, ce n'était pas tout à fait vrai, mais Deborah avait été la grande amie de Micheline, et elle renifla au bout de la ligne.

Oui, triste, très triste, trop triste.

Mais la famille de Deborah, quels salauds. Millefeuille se mit de façon inattendue à faire un discours à Micheline, quels salauds, répétait Millefeuille, moi j'avais douze ans à la Libération, ah quels souvenirs, Paris, inoubliable…

Micheline lui dit qu'elle avait emmené ses petits-enfants voir le musée du Débarquement à Arromanches.

Millefeuille s'intéressa, au musée qu'il ne

connaissait pas, aux petits-enfants, leurs réactions, leurs commentaires.

Il faut transmettre, dit Millefeuille, il faut transmettre.

La prochaine fois que je les vois, je leur raconterai comment j'ai vécu tout ça.

Micheline, ravie.

Tu ne veux pas revenir quelques jours, demanda Micheline.

Millefeuille dit que non, il avait à faire, il était mieux à Paris chez lui pour travailler, ses livres, etc.

En raccrochant il regretta, se demanda s'il allait rappeler, tourna un peu en rond, se mit à la fenêtre. Deux jeunes et jolies Japonaises entraient dans le musée, elles se tenaient par le bras, elles avaient toutes les deux des queues-de-cheval, Millefeuille les trouva gracieuses, gracieuses, et se pencha pour les regarder. Une famille les suivait, parents, deux enfants, ils traînaient les pieds, Millefeuille s'exclama Familles, je vous hais, et se retira de la fenêtre.

Mais il y revint tout de suite après, un orgue de Barbarie passait dans la rue, un homme et sa femme habillés à l'ancienne, Millefeuille les connaissait, ils allaient jusqu'au jardin du Luxembourg et se postaient devant les grilles.

L'orgue de Barbarie jouait des airs de *L'Opéra de quat' sous*, la chanson de Mackie.

« Et le requin il a des dents / Et il les porte sur son visage / Macheath, lui, il a un couteau / Mais le couteau, on ne le voit pas. »

Millefeuille connaissait par cœur, il chanta les paroles et jeta des pièces par la fenêtre. Le monsieur le salua pendant que sa femme ramassait les pièces.

Millefeuille se retira de nouveau de la fenêtre, s'assit sur le canapé, et eut l'impression d'être devant un vide abyssal.

Je suis devant un vide abyssal, se dit Jean-Pierre Millefeuille.

Il contempla le tapis du salon, les meubles, le portrait de Deborah au-dessus de la cheminée, et continua sa pensée, Je ferais mieux de retourner chez Micheline.

Je vais lui demander si je peux venir pour le week-end, après-demain.

Micheline, très contente, lui dit Bien sûr, et Millefeuille descendit acheter directement son billet à la gare, ça me sortira.

Avant d'aller à la gare il fit un tour dans un square où il n'était pas allé depuis longtemps et constata avec plaisir qu'il y avait pas mal de monde, ce qui signifiait à son avis que les gens commençaient à rentrer. Il s'assit sur un banc, lut le journal, aucune nouvelle intéressante, et engagea une discussion avec une mère jolie et très bronzée qui surveillait des jumelles adorables. Elles revenaient de Bretagne, Millefeuille déclara qu'il connaissait très bien Paimpol et chanta le début de *La Paimpolaise*, à la grande joie des petites jumelles.

Il expliqua à la mère qu'il était très heureux en ce moment et qu'il chantait tout le temps.

Ensuite il se dirigea vers la gare.

Le parvis était rempli de stands divers, on vendait des encyclopédies, des gadgets, de la nourriture chaude et froide, Millefeuille s'agaça un peu. Escalator, premier étage, billets, réservations.

Pas de queue ou presque.

En descendant il prit le temps de regarder le ciel, c'était une vue qu'il aimait, le ciel large, la tour et ses bureaux, les rues, le mouvement. La ville, se dit Millefeuille, la ville.

Il était en train de passer les grandes portes en verre quand il vit un groupe hirsute, sacs à dos, anoraks, un chien misérable, pelé, et, assis comme deux tas chacun sur un sac, les deux jeunes gens de la veille.

Il s'approcha, furieux, et leur dit, Qu'est-ce que vous faites là ?

Le garçon haussa les épaules. La fille sourit, un demi-sourire.

Ils semblaient encore plus jeunes à Millefeuille, peut-être parce que dans le groupe certains étaient beaucoup plus âgés.

Un type, qui était en grande discussion avec deux filles, s'approcha de Millefeuille et lui dit d'un air provocant, Vous n'avez qu'à appeler les flics.

Millefeuille haussa à son tour les épaules et s'en alla.

Cette histoire lui gâcha la fin de la journée, il envisagea même de ne pas partir. Mais pourquoi, quel rapport, lui-même trouvait cette pensée stupide.

N'empêche.

Il dormit dans un cauchemar, une sorte de récapitulatif, c'est un truc récapitulatif disait monsieur Charles dans le rêve, il apparaissait et disparaissait et il agitait des marionnettes, Millefeuille avait vu un stand de marionnettes sur le parvis de la gare, des fantoches pensait Millefeuille dans le rêve, en parlant de dirigeants africains Charles avait utilisé ce mot. Deborah arrivait au bras d'un pharaon et disait, Ramsès II, Ramsès II, Ramsès II, les civilisations aussi sont mortelles, Joseph ricanait, les deux jeunes faisaient des gestes menaçants, Millefeuille se réveilla en sueur.

C'est malin, se dit Millefeuille qui s'assit tout droit dans son lit.

Je ne suis pas fier de toi, dit Millefeuille.

J'ai envie de hurler, dit Millefeuille. Mais je n'en ferai rien.

Tu es trop bête. Va au diable. *Vade retro, satanas.*

Il s'étonna un peu, s'arrêta un moment, ne

trouva rien à dire et pensa à Joseph, il le voyait enveloppé dans son horrible manteau gesticulant au milieu du boulevard. Heureusement que je m'en vais, je fais bien de partir, dit Millefeuille avec un petit geste de la main, au revoir et bon débarras.

Mais il savait bien qu'il ne partait pas vraiment, juste quelques jours, Eh bien c'est déjà ça, dit Millefeuille à voix haute très fort.

Il se fit du café, en pensant aux deux jeunes. Il ne pensait rien, une image dans la tête, c'est tout, et avec cette image venait l'image de Léo sans qu'il comprenne pourquoi.

Subitement il décida de ne pas partir en Normandie.

Je reste, se dit Millefeuille. Je dois rester. Je veux rester. Je reste.

Il appela Micheline et travailla tranquillement.

De temps en temps il repensait aux deux jeunes.

Quels individus ridicules, jeunes et déjà finis, abrutis, terminés.

Une sale tête, se dit Millefeuille, ils avaient une sale tête.

Non, il se corrigea, il faut être juste, pas du tout une sale tête. Au contraire. Plutôt agréables à regarder. Pas vilains. Un peu crasseux, c'est tout. Mais pas de regard. On dirait qu'ils ont peur, pensa Millefeuille, qu'ils ont tout le temps peur. Alors qu'en fait…

Il s'arrêta, reprit.

Évidemment ils ont peur et ils essayent de faire peur. Moi ils ne m'ont pas fait peur, mais ils étaient pénibles.

Il faudrait les aider, se dit Jean-Pierre Millefeuille. Quelqu'un devrait les aider.

Mais comment ?

Leur parler, les aider.

Si je les vois, je leur parle.

Si je les vois une nouvelle fois, au lieu de les engueuler et de leur faire peur, je leur parle.

Qu'est-ce que je leur dirai ?

Des choses normales, c'est tout. Personne ne doit leur dire ça, des choses normales.

Si je les vois, je leur dirai.

Il but son café, très content de sa décision, et se remit à sa table. Vers midi il se fit un sandwich, but un verre de bordeaux, la bouteille de la veille n'était pas terminée, et s'allongea quelques instants mais il ne dormit pas, il se sentait bizarrement énervé, excité, presque survolté. Il écouta la radio, rien d'intéressant, et décida de faire un tour.

Ah Paris, se dit Jean-Pierre Millefeuille en sortant dans la rue et en remarquant que dans le petit bistrot à huîtres en face on était en train de faire le ménage. Il traversa, dit bonjour, s'enquit de la réouverture et fut content d'apprendre que dans quelques jours tout serait en place. Il marcha jusqu'à la rue de Rennes, passa à la Fnac, ne vit rien d'intéressant, et alla s'asseoir dans le petit square boulevard Montparnasse qu'il affectionnait. Il n'y avait presque personne, seulement un couple qui s'embrassait dans un coin, et il rêva un peu, en fait il pensait aux deux jeunes, est-ce qu'il allait les revoir, est-ce qu'ils étaient encore à Paris, l'autre fois ils étaient sur le parvis de la gare, peut-être ils partaient, mais où, ils avaient l'air perdus, c'est triste.

Le type plus âgé qui était avec eux, lui, vraiment l'air d'un sale type, une allure de délinquant, peut-être une sorte de chef.

Après tout je n'en sais rien.

Trop facile, eux, des innocents.

Quand on est si jeune... quand on est si jeune... quoi, quand on est si jeune ?

Pas une excuse, d'être jeune. Pas un crime non plus.

Et pareil pour les vieux, se dit Millefeuille en rigolant.

Moi je suis vieux, et j'ai l'intention d'être encore plus vieux.

Il faut que j'aie le temps... se dit Millefeuille.

Le temps de quoi ? se demanda Millefeuille.

Le temps, le temps...

Le temps de commettre tous les crimes que je porte en moi, se dit Jean-Pierre Millefeuille, et il se mit à rire tout seul, un vrai rire.

Je pense trop, se dit Millefeuille, quand on commence... quand on commence...

Eh bien quand on commence on pense n'importe quoi, se dit Millefeuille en se levant et en se secouant.

Il se rassit en se disant, C'est idiot. J'ai envie de rester encore un peu.

Un ange passa.

Un ange passe, se dit Millefeuille, qui enchaîna, « un doute plane, ils se rentrent dedans ». Raymond Devos, dit Millefeuille à voix haute. Immortel, ajouta Millefeuille affectueusement. Quel génie. Quel poète.

Il regarda autour de lui.

Toujours personne, à part le couple enlacé. Millefeuille qui jusqu'à présent avait évité de le regarder le regarda intensément. Le garçon était assis, la fille était sur lui, à califourchon.

Millefeuille très envieux se dit, Je suis envieux, et soupira.

Il faillit être franchement malheureux.

Non, je ne vais pas être malheureux, se dit Millefeuille, c'est une bonne journée, je décide. Et il se projeta mentalement une séquence d'un film qu'il utilisait parfois comme une arme, quand il se souvenait de le faire, *The Straight Story*, l'histoire d'Alvin Straight. À un moment donné Alvin qui est très vieux se retrouve au milieu d'un groupe de jeunes sportifs, et l'un d'eux lui demande, désinvolte et cruel, C'est quoi la pire chose quand on est vieux. Et Alvin, au lieu de répondre, comme le garçon l'aurait voulu, en donnant l'exemple d'une performance qu'il ne pouvait plus accomplir — ce qui aurait conforté le garçon dans son petit sadisme, lui qui bien sûr se sentait en pleine forme —, lui dit en le regardant et en souriant, C'est se rappeler quand on était jeune. Le garçon encaisse avec une grimace.

O.K., se dit Millefeuille, et il tourna la tête vers le soleil.

Au bout d'un moment il se leva et se dirigea vers le Monoprix.

Dans le Monoprix il y avait une promotion, il ne réussit pas à comprendre s'il s'agissait de cahiers, de papier, de crayons ou de savon, une promotion, lui n'avait envie de rien, il cherchait quelque chose, il cherchait mais il ne savait plus quoi.

Il fit un tour, acheta des yaourts, et prit le chemin de la rue Antoine-Bourdelle.

Arrivé devant la porte de son immeuble il n'eut pas envie de remonter tout de suite, le ciel était encore si bleu, doux et bleu, et il retourna sur ses pas, s'assit à la terrasse de sa brasserie. La brasserie était pleine de jeunes gens, tous très concentrés sur leurs ordinateurs. Millefeuille commanda un jus de tomate. Quand Mireille l'apporta, il vit derrière elle marchant avec nonchalance les deux jeunes. Ils avaient de toute évidence vu Millefeuille, et comptaient faire comme si de rien n'était.

Eh, dit Millefeuille.

On fait la paix, dit Millefeuille avec un sourire large. Les deux jeunes haussèrent les épaules, et continuèrent leur chemin.

Eh, dit encore Millefeuille. Venez boire un verre.

La fille regarda le garçon, ils s'approchèrent.

Je vous offre un verre, dit Millefeuille. Discutons.

Le garçon le regarda, regarda la fille, esquissa un sourire, à peine, à peine, et ils s'assirent tous les deux.

Qu'est-ce que vous faites, demanda Millefeuille.

On cherche, dit le garçon.

Vous cherchez quoi, demanda Millefeuille.

On cherche ce qu'on cherche, s'esclaffa le garçon, il parlait comme quelqu'un qui répète une blague qu'on lui a racontée sans avoir vraiment compris.

Oh oh, dit Millefeuille en souriant, très drôle. Alors on est pareils, dit Millefeuille. Il se tourna vers la fille, Vous aussi ?

Elle opina.

Ils voulaient des panachés, Millefeuille leur commanda, tout en leur expliquant sa théorie, C'est une de mes nombreuses théories, disait Millefeuille en se moquant un peu de lui-même, le panaché est mauvais pour la santé, mieux vaut une vraie bière, et encore mieux, un bon verre de vin.

Il se dépensa beaucoup pour les mettre en confiance et après un temps, quelques propos sur le quartier, sur Paris l'été, sur la SNCF, Loïc et Cristelle, c'étaient leurs prénoms, se détendirent un peu. Ils commencent à avoir un regard, se disait Millefeuille, qui déclara, Tout ça me donne faim, je vais prendre une de leurs assiettes de charcuterie, elles sont très bien, on partage.

Ce qu'ils firent.

Loïc venait de Bretagne, il avait rencontré Cristelle à Paris, squat et galère, galère et squat, rien de bien intéressant se disait Millefeuille, préoccupé, comment parler avec eux, je voulais leur parler. Il leur demanda s'ils avaient des projets.

Cristelle secoua la tête, Loïc aussi, mais quand Millefeuille insista, Voyons, des projets, vous en avez sûrement, il devint complètement rouge et dit après un temps d'hésitation qu'il voulait travailler dans un cirque.

Formidable, dit Millefeuille, pour faire quoi.

Loïc expliqua que chez lui en Bretagne il s'entendait avec les animaux, les chevaux, il montait très bien, et voilà, il voulait faire ça, au cirque, les chevaux.

Millefeuille approuva, et réfléchit, Je réfléchis, dit Millefeuille. Il connaissait peut-être quelqu'un qui pourrait l'aider, une jeune vétérinaire.

Mais le cirque, vous aimez ça ? Il avait chez lui un coffret avec tous les Chaplin, il eut l'idée de les inviter à venir voir *Le Cirque*, ensuite il se dit non, non, quand même pas.

Loïc dit que chez lui en Bretagne un cirque passait chaque année, tous les étés, et lui Loïc le trouvait super, c'était son mot. Millefeuille eut l'image d'un petit cirque minable, déprimant, mais bon, se disait Millefeuille, mais bon...

Et vous, il se tourna vers Cristelle ? Vos projets à vous ?

Cristelle secoua la tête, et sourit.

Pas de projets ? dit Millefeuille. Vous êtes juste amoureuse de lui, c'est ça ?

Elle rit et ne dit rien.

Millefeuille avait une envie énorme, c'était presque une pulsion, de l'interroger plus, de lui demander si c'était son premier amoureux, et même, c'était tellement fort qu'il voyait la phrase danser devant lui, de demander s'il faisait bien l'amour, mais il se retint, ça va pas, ça suffit, je vais l'effaroucher.

Cristelle regardait le ciel, l'avenue, elle ne regardait pas Millefeuille, elle était gênée, elle se mouchait, elle bougeait dans tous les sens. Au bout d'un moment elle dit à Loïc, Il faut qu'on y aille, ils nous attendent.

Loïc la regarda et dit Oui, c'est vrai, et se tourna vers Millefeuille, Il faut qu'on y aille, ils nous attendent.

Millefeuille demanda, Qui ça, ils ?

Loïc le regarda et ne dit rien.

Ensuite il dit, Et merci, hein.

Millefeuille, très déçu, il aurait voulu qu'ils restent plus longtemps, dit, Eh bien on va se revoir. Je vais demander pour vous à ma jeune amie vétérinaire, elle connaît peut-être des gens.

Merci, dit encore Loïc. Sincèrement, merci.

Millefeuille dit, Écoutez, je vous laisse mon téléphone, je suis souvent chez moi. Ou alors vous me donnez votre numéro de portable, vous avez un portable ?

Loïc dit qu'il préférait appeler, qu'il le ferait.

Millefeuille écrivit son numéro sur un bout de journal, ils partirent, Millefeuille paya et rentra, insatisfait. Il n'appellera pas, il n'appellera jamais, se disait Millefeuille.

Chez lui il tourna un peu dans l'appartement et décida de téléphoner à Emmanuelle, la jeune vétérinaire, qu'il ne réussit pas à joindre, il laissa un message.

Il se sentait désœuvré, inquiet, il ne savait pas quoi faire de lui-même. Il eut l'idée de regarder *Le Cirque*, et prit un plaisir énorme, Chaplin funambule assailli par tous les singes minuscules…

En même temps il se disait, le cirque, c'est un métier, ce n'est pas n'importe quoi, il faut être doué, dans le film il y avait la belle écuyère dont Chaplin était amoureux, ah quelle grâce, rien de ça chez Loïc, je ne le vois pas debout sur un cheval celui-là, ni en train de dompter des chevaux, il ne se rend pas compte…

Une fois le film terminé et après avoir ruminé ces pensées négatives, Millefeuille se sentit apaisé. Il relut ce qu'il avait écrit dernièrement, trouva que ce n'était pas mal, et Emmanuelle téléphona.

Il lui expliqua, elle écouta, elle connaissait un

groupe de théâtre qui faisait des spectacles avec des oiseaux, elle demanderait.

Millefeuille, content, alla se coucher et rêva de ouistitis, il était sur une corde raide, il se disait ça dans le rêve, je suis sur une corde raide, des enfants le tiraient par la veste, il n'avait pas de manteau, c'était son ami Joseph qui avait un manteau, il n'était pas comme Joseph, lui il avait une veste, les enfants la tiraient, des enfants de toutes sortes, toutes sortes d'enfants, ils le tiraient et le tiraient, il se débattait, et ce n'étaient plus des enfants, c'étaient des ouistitis, quel mot, j'aime ce mot, j'aime les mots, le mot ouistiti est plein de mouvement, ouis-ti-ti, il va vers le haut, Millefeuille se réveilla.

Il regarda le plafond, il se sentait en pleine forme, il se dit, ah non il est trop tôt, et il se rendormit. Il fit un rêve très agréable, comme c'est agréable, se disait Jean-Pierre Millefeuille, comme c'est agréable, une jeune femme l'enlaçait et l'embrassait, mais qui était cette jeune femme, ce n'était pas Deborah, ce n'est pas Deborah, se disait Millefeuille dans le rêve, c'est qui ? c'est l'écuyère du cirque, dans le film, non ce n'est pas ça, elle lui ressemble, c'est ma première amoureuse, ah oui, je me souviens, comme elle était belle, comme elle était belle, et il soupirait d'aise dans le rêve.

Il se réveilla heureux de la vie, il avait beaucoup dormi, et il se fit des œufs au plat avec du café en pensant à ses amoureuses.

Il ne pensait pas à l'une ou l'autre en particulier, une autre fois se disait Jean-Pierre Millefeuille, une autre fois, il pensait à toutes, ensemble, en masse, toutes mes amoureuses, il les sentait autour de lui, ah, et Deborah bien sûr au centre, je la mets au centre pour lui rendre honneur, se dit Millefeuille, ou peut-être je suis un peu coupable ? Non non non, moi coupable ? jamais, se dit Millefeuille, Deborah elle savait et quand elle ne voulait pas savoir, eh bien elle préférait ne pas savoir, et pourquoi pas ?

Je ne pense pas que Deborah ait eu des histoires, elle, des histoires d'amour, autres que moi, se dit Jean-Pierre Millefeuille fermement, et il sourit de sa propre assurance.

De toute façon, pensa Millefeuille…

Il ne compléta pas sa pensée, et alla mettre *Dance me to the end of love*, Danse-moi jusqu'à la fin de l'amour.

Il resta toute la matinée à sa table et termina, provisoirement, c'est toujours provisoire avec toi, Millefeuille se taquinait, son chapitre sur *Macbeth*.

Il s'allongea deux minutes, l'image des deux jeunes lui vint, Loïc et Cristelle, Cristelle et Loïc.

Évidemment ils n'appelleraient pas. Trop timides. Quel ennui, les timides. Son fils Jean était timide, ah oui, un vrai timide, complètement inhibé, ce Jean, se dit Millefeuille tout d'un coup de très mauvaise humeur.

Je pourrais rappeler Emmanuelle, peut-être elle a déjà trouvé quelque chose, ce cirque, voilà une jeune femme qui a toujours su ce qu'elle voulait, déjà jeune elle aimait aller en Normandie pour les vaches, elle avait des chiens, des chats…

Au moment même où Millefeuille était en train d'évoquer pour lui-même la ménagerie d'Emmanuelle, elle téléphona. Elle avait pu avoir des informations sur des écoles de cirque, des renseignements sur des stages, des adresses. Millefeuille nota tout, la remercia et l'invita à venir chez lui quand elle serait de retour à Paris, il prévoyait de la présenter à Loïc et Cristelle. Bon, se dit Millefeuille en raccrochant, espérons qu'ils vont téléphoner.

La journée se passa, ils ne téléphonèrent pas, Millefeuille se répétait, c'était une sorte d'incantation, de conjuration, Je le savais, je le savais, mais rien n'y fit, ils ne téléphonèrent pas.

Il descendit à la brasserie, au square, rien de rien.

Il lut toute la soirée, distrait, ennuyé, et s'endormit tard.

Le lendemain, pareil.

Aucun signe de Loïc ni de Cristelle.

Millefeuille décida de faire comme s'ils n'existaient pas.

Il avait quitté *Macbeth*, il relisait *Richard III*, *I am determined to prove a villain*, annonce Richard avec jubilation, c'est tout au début de la pièce, Je suis décidé à me montrer un scélérat.

Le montrer ou le jouer, le jouer ou l'être, le jouer et l'être, puisque le monde est un théâtre, on joue sur scène ou dans la vie pour apprendre et pour devenir qui on est, ces réflexions traversaient Millefeuille.

Il avait envie de trouver Richard sympathique.

C'est parce qu'il dit tout ce qu'il pense, se disait Millefeuille, un type qui dit tout ce qu'il pense, on le trouve toujours sympathique.

A villain, se disait Millefeuille, un scélérat, une canaille, un méchant homme, un mauvais, c'est quoi, est-ce que je sais ce que c'est.

Bien sûr, je sais, tout le monde sait.

Il se représentait Richard, duc de Gloucester, très jeune, pas vraiment difforme, pas vraiment laid, boitant un peu, le diable quand même. Flatterie, séduction, comment il captive, pas d'autre mot, Anne dont il vient de tuer l'époux, comment il lui déclare son amour et la convainc, et la trahison, la jouissance de ça, la jouissance du meurtre…

Difficile d'en parler, se disait Millefeuille, qui s'était levé de sa table et regardait par la fenêtre ouverte, difficile d'en parler, il faut être Shakespeare, d'ailleurs Shakespeare n'en parle pas, il le dit, il le montre, il le met en scène…

Des gens passaient dans la rue, allaient au musée, c'est presque la rentrée, se dit Millefeuille, content, et par la fenêtre il eut subitement l'impression de voir Loïc et Cristelle qui avançaient, bras dessus bras dessous. Il faillit crier, les héler, se dit, non, je descends, regarda à nouveau, ce n'était pas eux.

Il haussa les épaules et décida de sortir faire un tour.

Il commença par la rue de Rennes, regarda des pulls sans aucun intérêt, entra dans la Fnac, fit un tour au rayon des livres d'histoire, il cherchait un livre précis sur la guerre des Roses qui venait d'être republié, et ressortit.

Dehors sur le trottoir deux jeunes gens arrivaient en sens inverse, ils faillirent lui rentrer dedans, c'était Loïc et Cristelle.

Ça alors, dit Millefeuille, je vous croyais partis, pourquoi vous ne m'avez pas téléphoné ? J'ai des informations pour vous.

Il les regarda, ils avaient l'air encore plus sales et plus maigres, vraiment sales et maigres, et mauvaise mine, l'air abattu.

Ils ne dirent rien, ensuite Cristelle dit, On était occupés. Millefeuille demanda, À quoi, ils ne répondirent pas, et Cristelle dit, Bon, faut qu'on y aille.

Millefeuille dit, Venez au moins boire un verre. Allez, dit Millefeuille en rigolant, un panaché.

Loïc haussa les épaules, il avait l'air désespéré, et dit, On ne peut pas.

Millefeuille insista, insista, ils allèrent s'asseoir à la brasserie avenue du Maine.

En marchant Millefeuille avait commencé à parler d'Emmanuelle, des informations qu'elle avait trouvées. Loïc, qui au début traînait les pieds, s'intéressa, et même posa des questions.

Une fois assis Millefeuille dit qu'il avait envie de manger et commanda d'autorité trois choucroutes.

Il parla à Loïc des écoles, des stages, des différents cirques, Loïc pourrait aller demander s'ils prenaient des apprentis, même pour balayer, changer les litières, on peut toujours commencer comme ça, l'important c'est de commencer, et d'être dans un circuit. Loïc approuvait, mangeait, reprenait un peu des couleurs, Cristelle aussi.

Quand ils eurent fini la choucroute, Millefeuille demanda des cafés, mais avant le retour de Mireille Loïc s'était levé et avait dit qu'ils étaient en retard, ils devaient partir, il avait de nouveau son air, son air comment, se demandait Millefeuille, son air terrifié, se dit Jean-Pierre Millefeuille.

Il se leva lui aussi et dit à Loïc en lui tendant la main, Je n'ai pas les numéros de téléphone sur moi, on se retrouve ici demain, à 4 heures ?

Il n'y croyait pas.

Oui, dit Loïc, oui.

Ils partirent. Millefeuille s'en voulait de ne pas avoir eu les numéros sur lui. Il remonta, les mit immédiatement dans sa poche, tout en se disant, À quoi ça sert, là je ne les revois plus.

Il s'assit dans un fauteuil et s'endormit brutalement deux heures.

Il se réveilla déprimé, Ah c'est malin, comment je vais dormir la nuit maintenant. Il se sentait désœuvré, inutile.

Il téléphona à Jeanne, elle n'était pas là.

Il faisait un temps doux et clair, une douceur à se pendre, se surprit à penser Millefeuille.

Oh là là, se dit Millefeuille, ça ne va pas du tout.

Il descendit au Select, but deux whiskies en se répétant, toujours ça de pris, rentra et dormit d'un sommeil lourd, désagréable.

Le matin il n'était pas reposé. Quelque chose planait, flottait autour de lui, en lui, il ne savait pas, que c'est pénible, se disait Millefeuille, que c'est pénible, je me traîne, je suis fatigué avant de commencer la journée, je deviens vieux, se disait Millefeuille. Il dit la phrase sans y penser, ensuite il la considéra, la retourna dans tous les sens, elle n'en avait pas tellement, de sens, c'était clair, je deviens vieux, c'est clair.

Non, se dit Millefeuille, non et non, ça me met en colère cette phrase, non.

Mais il était déprimé.

Il essaya de travailler, reprit *Richard III*, s'énerva contre une mauvaise traduction, chercha dans différents livres des détails historiques, trouva quelques photos sur des mises en scène anciennes, mais derrière il y avait toujours la présence des deux jeunes, Loïc et Cristelle, ils étaient sûrement en train de commettre l'irréparable, il se répétait la formule, il n'y mettait rien de particulier, il la répétait.

En déjeunant il but un verre de vin exprès, et fit une sieste. À quatre heures moins le quart il descendit et se dirigea vers l'avenue du Maine. Loïc et Cristelle étaient assis dehors, à la table où ils avaient mangé la veille.

Vous êtes là, dit Jean-Pierre Millefeuille. Bravo. Je vous félicite. Je ne croyais pas que vous alliez venir.

Loïc haussa les épaules et dit, J'ai envie de travailler dans un cirque.

Il n'avait pas l'air heureux, juste déterminé.

Millefeuille sortit tout de suite son papier avec les différentes informations, les numéros de téléphone, etc., et commença à leur expliquer.

Loïc écoutait attentivement, il posa quelques questions et fit remarquer que les écoles étaient toutes payantes, il ferait mieux d'essayer de trouver une place de garçon d'écurie, Millefeuille réfléchit, dit que oui, évidemment, il pourrait demander à Emmanuelle, elle connaissait du monde.

Il était frappé par le sérieux de Loïc, qui gardait un visage fermé, concentré, les sourcils froncés.

Il a changé, se dit Millefeuille, on dirait que sa vie en dépend.

Oui, c'est ça, se répéta Jean-Pierre Millefeuille, c'est comme si sa vie en dépendait.

Il regarda encore Loïc et l'expression « avoir un visage en lame de couteau » lui traversa l'esprit.

Il est maigre, maigre, maigre, se dit Millefeuille, il a même des pensées maigres.

Cette idée le surprit.

Des pensées maigres, ce serait quoi, se demanda Millefeuille. C'est intéressant.

Il se ressaisit, demanda à Loïc et à Cristelle ce qu'ils voulaient boire et commanda trois demis.

Au bout d'un moment Loïc se détendit, c'était l'impression de Millefeuille, et raconta que chez lui, en Bretagne... mais en fait Millefeuille n'arrivait pas à écouter, il se disait, Écoute, mais écoute donc, il n'arrivait pas, il les regardait tous les deux et partait dans des suppositions, des interrogations, des questions, il ne se concentrait pas, il essayait, ses pensées partaient dans tous les sens, il ne réussissait pas à se concentrer.

Il se forçait. Écoute-les, il se répétait.

Il reparla de trouver une place, Loïc dit que oui, ce serait bien, Cristelle sourit et Millefeuille, regardant le ciel, dit Il va y avoir de l'orage, je vais rentrer, il appellerait Emmanuelle, voyons-nous demain dit Millefeuille, ou alors, téléphonez-moi ce soir, je serai sûrement à la maison. Loïc dit qu'il le ferait.

Millefeuille arriva chez lui au moment où la pluie commençait à tomber, il se félicita d'être rentré, j'ai horreur de prendre la pluie, se répétait Millefeuille, c'est toujours une punition, il ferma toutes les fenêtres, c'était un vrai orage, tout en se demandant où les deux jeunes pourraient bien s'abriter.

Il chercha le numéro de téléphone d'Emmanuelle, le mit en évidence sur sa table, se fit un thé et prit plaisir à regarder le ciel noir, la rue tout d'un coup déserte, et très vite la pluie qui se mit à tomber en rafales.

Au bout d'un moment il téléphona à Emmanuelle et laissa un message.

Loïc et Cristelle lui semblaient très loin, presque sur une autre planète, des extraterrestres.

Il s'assit sur le fauteuil devant la fenêtre et admira la pluie. Ce n'était plus des trombes d'eau mais la pluie tombait encore fort. Le ciel s'était un peu éclairci, des stries noires passaient, des lueurs. Une voiture déréglée klaxonna un moment. Millefeuille mit la radio, les nouvelles, ensuite il reprit *Richard III*.

Il se coucha tard en écoutant avec bonheur le bruit de la pluie du fond de son lit.

Il se réveilla en pleine forme, aussi neuf, se dit-il, que le ciel lavé après l'orage. Il prit son petit déjeuner en écoutant la radio, et se mit à sa table. Emmanuelle n'avait pas laissé de message, les jeunes n'avaient pas appelé, on verra, se dit Millefeuille, on va voir. Il s'absorba dans *Richard III*, et ne pensa pas à Loïc et Cristelle avant de descendre faire un tour. Il se demanda s'il les verrait.

Il fit un grand tour, l'air était frais, et Millefeuille reconnut plusieurs personnes du quartier qui arrivaient visiblement de vacances, bronzées et en transition. Millefeuille se demanda si Léo et Zoé étaient rentrés. Le square où il s'assit était rempli de petits enfants surexcités, gardés par quelques adolescents grandes sœurs grands frères, les mères devaient être en train de ranger, le sable volait, les affaires de plage s'étalaient, tout le monde parlait avec tout le monde, racontait.

Millefeuille alla prendre un verre à la brasserie, pensant y voir Loïc et Cristelle, mais non, personne. Il se demanda, trouva étrange, n'y pensa plus. Mireille lui raconta un incident qui avait eu lieu le matin, un vieux clochard, deux touristes, une altercation. C'est intéressant dit Millefeuille, il demanda des détails, Mireille ne put lui dire de quel pays venait le couple, des Allemands ou des Russes, elle ne savait pas, Millefeuille lui expliqua la différence entre les langues slaves et les langues germaniques.

De retour chez lui il écouta un message d'Emmanuelle, elle avait des idées pour Loïc. Elle connaissait très bien un couple avec qui elle avait fait ses études, ils s'étaient lancés récemment dans l'élevage de chevaux, c'était en Normandie, ils cherchaient des jeunes pour les former sur le tas, travailler avec eux, elle lui raconterait.

Tout de suite après, Loïc téléphona. Il demanda à Millefeuille s'ils pouvaient se voir le lendemain.

Millefeuille dit Oui, bien sûr, rendez-vous à la brasserie, à 4 heures, il avait des informations.

La soirée se passa tranquillement, Jean-Pierre

Millefeuille fit du courrier, regarda un film, encore un DVD apporté par Sammy, *Henry V*, et il s'endormit en rêvant de la glorieuse bataille d'Azincourt, de noblesse, d'amour courtois en français et en anglais, du jeune roi et du vieux Falstaff.

Le lendemain, il se réveilla, travailla, et à 4 heures, en plein travail, il n'eut pas envie de descendre. J'irai demain, se dit Millefeuille, Loïc appellera, on se verra demain.

Tout en travaillant, il avait le sentiment, c'était à peine un sentiment, plutôt une sensation, une idée, accrochée derrière sa tête comme une petite araignée, qu'il prenait un risque.

Mais non, se disait Millefeuille, mais non, et il fit le geste de chasser l'idée ou l'araignée. Pourquoi c'est toujours juste au moment où je travaille bien que j'ai des choses à faire.

Il resta à sa table toute la journée, plongé dans le texte, les traductions, différents livres d'histoire. Il sortit très tard, alla manger un morceau au Select et rentra se coucher.

Le lendemain en se réveillant il relut tout de suite ce qu'il avait écrit la veille, trouva ça excellent et se sentit en vacances. Il descendit prendre un petit déjeuner à la brasserie. C'était vraiment la rentrée, il y avait beaucoup de monde, les gens reprenaient. Mireille, un peu débordée, lui servit son café et ses tartines et lui dit que les deux jeunes étaient venus, l'avaient attendu un bon moment sans consommer et étaient finalement repartis.

Ah, dit Millefeuille.

Il se sentit tout d'un coup ennuyé.

Ils auraient pu m'appeler, dit Millefeuille.

Mireille n'avait pas le temps, elle haussa les épaules et partit.

Quand même, dit Millefeuille à voix haute.

Il ne savait pas ce qu'il mettait dans ce quand même, il le répéta, finit son café et décida de marcher. Il fit un très grand tour, et revint en autobus. Il ne pensait à rien de particulier, il regardait les vitrines et les gens.

De retour chez lui il écouta ses messages, et s'étonna que Loïc n'en ait pas laissé, tout en se disant. Il est trop timide. Ou alors il a perdu mon téléphone. Ou peut-être qu'il n'a plus d'argent. Il faudra, se dit Millefeuille agacé, que je retourne à la brasserie. Il va revenir.

Dans l'après-midi il descendit, passa un moment à la brasserie, pas de Loïc, pas de Cristelle.

Le jour suivant non plus. Ils ne téléphonèrent pas.

Millefeuille aurait voulu leur donner les informations sur le couple ami d'Emmanuelle qui démarrait un élevage, les informations d'Emmanuelle restaient dans sa tête, l'encombraient. Sinon, s'ils ne se manifestent pas, se disait Millefeuille, la place sera prise.

Mais il continuait sur sa lancée. Travail, lecture, un tour du quartier et un verre à la brasserie. En fin de journée Jeanne l'appela, l'invita à dîner chez elle, il lui raconta comment Henry V faisait sa cour à la jeune princesse française et dit qu'il viendrait dès qu'il pourrait.

Le lendemain, pareil.

Le soir il écoutait les informations quand la radio annonça un braquage particulièrement meurtrier, un commerçant tué, les deux jeunes assassins, on les appelait déjà Bonnie et Clyde, avaient tenté de s'enfuir, ils avaient sauté un mur, quelque chose, ils étaient tombés, Millefeuille ne comprit pas d'où ni comment, ils étaient morts.

Jean-Pierre Millefeuille s'assit. Il avait envie de vomir, la tête lui tournait.

La première chose qu'il se dit : Je le savais, je le savais.

Il regarda le plafond et répéta pendant une bonne minute, Je le savais.

Il se leva péniblement et alla se verser un whisky.

Il avait envie de pleurer.

Je le savais, ce savoir le remplissait et le vidait en même temps.

Une impression de nausée, de mal de mer, il était submergé.

Au bout d'un moment il prit son téléphone et appela Jeanne.

Il lui raconta depuis le début, la première rencontre, comment ils étaient avec un groupe, des gens louches, dit Millefeuille, devant la gare, comment il les avaient amadoués, c'était le mot qu'il trouva, les contacts qu'il avait commencé à prendre, et voilà, il n'était pas allé au rendez-vous, quel idiot il était, c'est criminel, Jeanne, c'est criminel, voilà, ils sont morts.

Jeanne écouta son ami patiemment et lui dit qu'il exagérait. Ces deux jeunes, dit Jeanne, ces deux jeunes auraient de toute façon mal tourné, c'était évident.

Non, non, non, dit Millefeuille, absolument pas, rien n'est sûr, je l'ai vu changer, ce Loïc, il changeait, je l'ai vu.

C'est ma faute, dit Jean-Pierre Millefeuille.

Je ne vais pas m'en remettre.

Tu vas t'en remettre, dit Jeanne, et ce n'est pas ta faute. C'est triste, c'est très triste, mais ce n'est pas ta faute.

Millefeuille restait accablé et répétait, Je ne vais pas m'en remettre, je ne peux pas m'en remettre, je ne m'en remettrai pas.

Jeanne lui dit, Écoute, Jean-Pierre, ça ne sert à rien, tu ne les connaissais pas, ils avaient des mauvaises fréquentations, arrête.

Tu ne comprends pas, dit Millefeuille, Loïc était en train de changer. Je me sens tout mou, je crois que je vais m'évanouir.

Jeanne dit, Assieds-toi, bois un verre d'eau, je prends un taxi, j'arrive.

Ce qu'elle fit.

Millefeuille lui ouvrit et alla s'affaler sur le canapé, l'œil glauque.

Jeanne lui dit, Mon pauvre Jean-Pierre. Tu as toujours été trop sensible. À quoi ça sert, je te le demande.

À rien, dit Millefeuille, ça ne sert à rien. C'est.

Tu ne vas pas faire de la philosophie, dit Jeanne. Je vais boire un whisky, tu en veux un ?

Millefeuille dit, Oui.

Il ajouta, Tu es formidable.

Merci, dit Jeanne. C'est surtout que je te connais comme ma poche, mon petit Jean-Pierre. Tu te morfonds toujours pour des choses impossibles.

Impossibles ? dit Millefeuille.

Impossibles, dit Jeanne. Je suis catégorique.

Millefeuille la regarda et dit, Tu es une forte femme.

Ne te moque pas de moi, dit Jeanne. Allez. Aux fortes femmes, dit Jeanne en levant son verre.

Millefeuille trinqua.

Jeanne suggéra de voir un film. Millefeuille lui dit de choisir, mais tous les films, un western, un film noir, même une comédie italienne, tous les films pour une raison ou une autre lui rappelaient les deux jeunes. Finalement ils optèrent pour une comédie musicale américaine mais au bout de cinq minutes Millefeuille épuisé s'endormit brutalement.

Jeanne le réveilla et l'aida à se coucher. Ensuite elle appela un taxi et rentra chez elle.

Millefeuille dormit dix heures.

Quand il ouvrit les yeux, il les écarquilla, et se dit, C'est drôle, je n'ai pas rêvé.

Il se leva, alla se faire du café, se versa une grande tasse, et tout d'un coup au fond de la tasse il vit le visage de Loïc.

Oh oh, dit Jean-Pierre Millefeuille à voix haute. Attention.

Loïc grimaçait, tirait la langue.

Millefeuille haussa les épaules et dit, Ça faisait longtemps.

O.K., dit Millefeuille. O.K.

Tu ne me fais pas peur, dit Jean-Pierre Millefeuille. Mais alors, pas du tout.

Et pour le prouver, qu'il n'avait pas peur, il se pencha vers la tasse et dit, Tu me rappelles quelqu'un. Mais qui ?

Il essaya de trouver, ne trouva pas. C'était juste Loïc.

Si c'est comme ça, dit Millefeuille. Il ne termina pas.

Il pensa à Jeanne, décida de prendre une douche, s'habilla et descendit à la brasserie. Mireille l'accueillit avec des soupirs, et lui servit à sa demande un double express.

Millefeuille regarda autour de lui, tout était normal.

Il but le café, en se disant, Heureusement qu'il y a le café.

Il essaya de se rappeler quand on avait introduit le café en France, hésita, XVIIe ou XVIIIe, s'énerva, quand même nul de ne pas se rappeler. Il se leva, embrassa tristement Mireille sur les deux joues, Mireille ne fut pas étonnée, et marcha de façon mécanique sans plaisir et sans penser jusqu'aux Invalides. Devant le monument il se demanda ce qu'il faisait là, il n'avait jamais aimé les Invalides, il prit un autobus et remonta chez lui.

Il appela Jeanne pour la remercier de sa présence la veille, lui laissa un message, se mit à sa table et travailla toute la journée.

Je sortais de chez moi quand Jean-Pierre Millefeuille me téléphona et me demanda de passer le voir. Il était au plus bas, et me raconta une histoire confuse, deux jeunes gens en difficulté, il aurait aimé les aider, et puis, au dernier moment, ils avaient commis l'irréparable.

Je ne comprenais pas bien. Il me parla d'un braquage meurtrier, et lui, il n'avait rien fait pour eux.

Mais qu'est-ce que vous auriez pu faire ?

Il n'était pas allé à un rendez-vous, il devait y aller et voilà, il avait mieux à faire.

Il continuait, il ressassait, je lui proposai d'aller faire un tour. Il me dit qu'il revenait des Invalides.

Des Invalides ? j'étais étonnée.

Je déteste les Invalides, dit Millefeuille avec une telle énergie que j'éclatai de rire.

Il rit aussi, et me dit que ce serait bien, en fait, d'aller faire un petit tour, un tout petit tour, il faisait si beau.

Je lui proposai de nous retrouver au Select.

Un peu plus tard en buvant mon verre et en écoutant Millefeuille qui me parlait de ses lectures récentes et de ses Rois, je me rendis compte que depuis un moment je pensais à Léo, comme si l'histoire avec les deux jeunes avait quelque chose à voir avec lui, mais je ne voyais pas quoi.

Je dis à Millefeuille que Zoé et Léo n'allaient pas tarder à revenir à Paris. Il me dit qu'il avait lu le chapitre de Léo et qu'il lui en parlerait.

Très heureuse de cette perspective, je racontai plusieurs histoires drôles et je réussis à le tirer de sa morosité.

Jean-Pierre Millefeuille se réveilla et mit la radio, les informations. En fait il n'avait aucune envie d'écouter les informations mais il se demandait quel jour on était. Les jours précédents avaient été pénibles, très pénibles, il se le disait en se traînant vers la cuisine et en se faisant du café, il aurait aimé, il pensait, les effacer, les supprimer, ne plus du tout avoir à y penser. Eh bien n'y pensons plus, il se le dit avec une vigueur qui contrastait avec ses gestes lents et mous, eh bien n'y pensons plus. La radio lui indiqua qu'on était le 1er septembre, Tant mieux, dit Millefeuille à voix haute, tant mieux, à bas l'été, dit encore Millefeuille, vive l'automne, vive la rentrée, vive la reprise, vive les gens qui travaillent, à bas... Il s'arrêta, chercha, et dit très fort, Tout le reste, à bas tout le reste. L'effet escompté se produisit, il rit, et retrouva de la bonne humeur, relative, tout de même, relative. La veille au soir il avait à peine dîné, il dévora tout ce qu'il avait sous la main comme petit déjeuner, prit une douche, s'habilla et se mit à sa table, Non mais. L'adversaire avec lequel il débattait n'était autre que lui-même, bien entendu, mais en un sens il fallait s'en méfier d'autant plus.

Il reprit *Henry V* là où il l'avait laissé, mais rien ne venait, rien du tout, je ne suis pas dans l'épique, je suis dans le tragique, se dit Millefeuille sans sourire, et il décida de sortir faire un tour.

Il alla s'asseoir dans le square rue Stanislas, et engagea la conversation avec deux jeunes parents visiblement revenus de vacances qui jouaient avec leur petite fille de trois ans en attendant leur fille aînée.

Alors qu'il était en pleine discussion, content d'échanger sur la rentrée, les vacances, la SNCF, il sentit tout d'un coup un picotement au niveau de la poitrine, le cœur, il se demanda, qu'est-ce que c'est, qu'est-ce que c'est, le picotement augmenta, un voile lui passa devant les yeux, la tête lui tourna. Il ferma les yeux, les rouvrit, le couple ne s'était aperçu de rien, continuait à parler tranquillement. Millefeuille se demanda encore, qu'est-ce que c'est, maintenant il voyait devant lui Loïc et Cristelle, ils avaient l'air tristes, mais tristes, complètement abattus. Il eut envie de crier, de leur crier, Ne soyez pas tristes, vous êtes morts, foutez le camp. Mais il n'en fit rien, il n'avait pas la force de crier. Au bout d'un temps qui lui sembla très long ils finirent par partir.

Millefeuille soupira. Les deux parents bavardaient, ils ne s'étaient aperçus de rien, mais leur petite fille le regardait avec insistance. Il lui sourit. Elle se réfugia dans les jambes de sa mère.

Les parents dirent au revoir, le train de leur fille aînée arrivait, Millefeuille resta seul. Il se leva et se dirigea vers le carrefour Vavin. Arrivé au carrefour il resta là un grand moment à regarder le ciel, les grands beaux immeubles, les arbres, ensuite il retourna chez lui.

Il se sentait désœuvré, creux, il n'avait envie de rien. Il écouta ses messages, Jeanne qui devait partir quelques jours mais voulait savoir comment il allait, Je ne partirai pas avant d'avoir de tes nouvelles, mon petit Jean-Pierre, Sammy qui avait trouvé des films qui l'intéresseraient sûrement, son fils qui était de retour et qui venait aux nouvelles, le voyage a été formidable, la rentrée pour moi c'est dans trois jours, si tu veux je passe demain. Millefeuille, excédé, par rien, par tout, rappela quand même Jeanne, par bonheur elle n'était pas chez elle, et il laissa un message joyeux, ludique et parfaitement faux.

Il se mit à sa fenêtre et soupira. Un groupe de jeunes gens entraient dans le musée, Millefeuille ne distinguait pas ce qu'ils disaient, mais ils n'étaient pas français, ça se voit, ils viennent d'où, un pays nordique, sans doute, on dirait des Suédois, est-ce que je peux faire la différence entre des Suédois et des Danois et des Norvégiens, absolument pas, Millefeuille rêvait, les jeunes gens étaient entrés dans le musée, maintenant apparaissait dans son champ de vision un vieux clochard qu'on voyait de temps en temps dans le quartier, il s'appelait Ernest et il possédait un transistor qu'il gardait toujours collé à l'oreille. Millefeuille avait beaucoup d'affection pour lui et essayait souvent de lui parler, de lui donner des vêtements, mais Ernest était difficile, n'aimait rien, trouvait les vêtements proposés ridicules, ringards, c'était son mot, pas à la mode, et ne se privait pas de rabrouer Millefeuille, l'avait même traité une fois de Secours catholique, t'es Secours catholique ou quoi, un comble s'était esclaffé Millefeuille en racontant l'histoire à Jeanne. Il héla Ernest de la fenêtre, et descendit, Ernest était dans un bon jour et accepta d'aller boire un verre à la brasserie, tout en écoutant attentivement son transistor.

Millefeuille lui demanda ce qu'il écoutait, c'était la première fois qu'il lui posait la question. Ernest le regarda, soupçonneux.

Je ne peux pas te dire.

Mais pourquoi, demanda Millefeuille.

Tu sais très bien pourquoi, dit Ernest.

Millefeuille haussa les épaules.

Ils buvaient chacun un demi. Ernest se mit à miauler, des vrais miaulements, Millefeuille sursauta.

C'est ma copine, dit Ernest.

Ta copine, dit Millefeuille.

Ernest ne dit rien, ensuite il dit, Elle a trop chaud, en désignant le transistor.

Millefeuille hocha la tête.

Ernest, en confiance, ajouta, C'est parce qu'il y a trop de fous.

Il y a trop de fous ? répéta Millefeuille, il se sentait un peu dépassé.

Dans les rues, il y a trop de fous, dit Ernest, ça l'inquiète.

Il finit son demi d'une traite, se leva, et partit, Salut mon brave.

Millefeuille le regarda s'éloigner. Quand il ne le vit plus, il laissa échapper un miaulement.

Il se retourna et regarda derrière lui. Personne.

Facile, dit Millefeuille à voix haute.

Il regarda encore, toujours personne.

Il recommença.

Vraiment facile, dit Millefeuille.

Il ajouta, Je veux…

Je veux, il répéta, je veux… mais il n'arrivait pas à terminer la phrase.

Il paya et remonta chez lui lentement.

Il s'assit dans la cuisine, voulut se faire un sandwich, remarqua que le frigidaire était vide, décida d'aller le lendemain au marché. Tout d'un coup il pensa à Léo, Il doit être rentré, se dit Millefeuille, ou en train de rentrer. Je vais l'appeler, se dit Millefeuille. En même temps il se sentait un peu intimidé. Qu'est-ce que je vais lui dire. Je n'ai pas pensé grand-chose de son chapitre, se disait Millefeuille, qu'est-ce que je vais lui dire.

Il laissa Léo de côté et ouvrit une boîte de sardines, des très bonnes sardines espagnoles, et tout en buvant une bière, en principe il n'aimait pas la bière, mais pour une fois, tout en buvant sa bière il pensait à Ernest.

Il a une voix éraillée, vieille, se disait Millefeuille.

Pas sûr qu'il passe l'hiver, se disait Millefeuille.

Ensuite il se dit qu'il avait souvent pensé ça, et voilà, Ernest était toujours là.

Et moi, est-ce que je vais passer l'hiver, se demanda Millefeuille, avec un pincement d'inquiétude, et moi…

Et Joseph, est-ce qu'il passera l'hiver ? s'entendit penser Millefeuille, qui eut le sentiment très net que cette pensée lui était imposée de l'extérieur, de force, on l'obligeait à penser à Joseph, mais qui, qu'est-ce que c'est que ça, se dit Jean-Pierre Millefeuille, je n'ai aucune envie de penser à Joseph, je ne vais quand même pas penser à tous les clochards que je rencontre, je te l'ai déjà dit, Va-t'en, Joseph, Ernest n'est pas comme Joseph, Ernest ne se plaint pas, O.K., O.K., Joseph ne se plaint pas non plus, admit Millefeuille, mais c'est un reproche vivant, il me regarde, il me reproche, son regard est insupportable, atroce, Joseph, Millefeuille avait envie de pleurer, Joseph comment tu as pu, comment tu as pu, il n'arrivait pas à finir, il n'arrivait pas à penser, les mots étaient avalés, il ravalait les larmes et les mots en même temps.

Joseph. Il m'assiège, se dit finalement Millefeuille.

Il s'allongea sur le canapé du salon, C'est la bière, dormit deux minutes dans un cauchemar où Joseph, qui ressemblait en fait à Ernest, ou à son fils Jean, ou à Loïc, ou à Léo, Joseph l'enfonçait dans une bouteille de bordeaux pendant qu'il hurlait, je n'aime pas la bière, je veux du vin. Il se réveilla en sursaut complètement angoissé et resta allongé sur le dos incapable de faire le moindre mouvement.

Il regarda le plafond.

Rien.

Au bout d'un temps très long, ou qui lui sembla très long, il dit à voix haute, C'est bon, c'est bon, et se redressa péniblement.

La perspective de la journée s'étalait devant lui. Étalement de rien.

Je pourrais m'accrocher au plafond, comme une araignée, pensa Jean-Pierre Millefeuille, ou comme un cafard.

Ça ne le fit pas rire.

Le téléphone va sonner, se dit Millefeuille. Le téléphone va sonner, quelqu'un va m'appeler, je parlerai à quelqu'un.

Le téléphone ne sonna pas.

Évidemment, pensa Millefeuille. Évidemment. Je n'existe pour personne. Et quand je mourrai… personne ne se souviendra de moi.

De nouveau il pensait aux pharaons.

Ramsès II, dit Millefeuille à voix haute. Il le voyait devant lui, gigantesque, presque nu, sa tête éraflait le plafond.

Prends-moi dans tes bras, soupira Millefeuille, berce-moi.

Le pharaon se pencha et lui susurra quelque chose à l'oreille.

Millefeuille sourit. Si tu me dis ça…

Allez, dit Millefeuille, debout, mon vieux, allez.

Il se leva, s'étira, et tout d'un coup réveillé, alerte, il alla dans la cuisine se faire un café.

Il travailla toute l'après-midi, il était revenu à *Richard II*, C'est vraiment une des pièces qui me conviennent le mieux, *Let's talk of graves, of worms and epitaphs*, Parlons de tombes, de vers, et d'épitaphes.

Et quand il demande, à la place de son vaste royaume, *A little grave, a little little grave, an obscure grave*... une petite tombe, une petite petite tombe, une tombe obscure... comment ne pas être ému...

Ah, pensait Millefeuille, le monde élisabéthain, la Renaissance, tout sens dessus dessous, ce n'est pas la monarchie classique, la France, Versailles...

Il se répétait *and farewell, king !*, et adieu, roi.

La mort égalise. Renverse. Fait passer tout dans son contraire. Tout, rien. Le Roi n'est plus roi. Tout homme est égal à un autre. Oui, oui.

Mais la mort c'est le meurtre. Est-ce que ce sont les Rois qui sont tous assassinés, comme dit Shakespeare, ou n'importe quel homme ? Assassiné, tué.

La mort est liée au meurtre. Est-ce qu'on meurt toujours assassiné ?

On meurt tué.

Tué par qui ?

La mort, le meurtre.

Comment se fait-il que je pense au meurtre, se demandait Jean-Pierre Millefeuille, comment se fait-il ?

C'est à cause de Loïc, se dit Millefeuille, dubitatif.

Le meurtre plane, le meurtre est dans l'air, le meurtre est partout… le meurtre… la pensée de Millefeuille s'effilochait, sa tête était pleine de sable.

Je me perds, je me perds, se répétait Millefeuille, il se voyait s'enfoncer dans des sables, des sables mouvants, le désert.

Je me perds, se répétait Millefeuille, et je ne vais pas faire un jeu de mots stupide, il s'esclaffa, je me perds, je suis père, je suis perdu, il le redit plusieurs fois, je me perds, je suis père, je suis perdu, en riant de plus en plus fort.

En même temps, c'était étrange, il était ragaillardi, et après s'être bagarré avec *Richard II*, l'histoire, la traduction et le commentaire, il se fit une grande liste d'achats pour le Monoprix et le marché, tout en se félicitant, Toujours bon de terminer la journée avec un projet.

Il décida ensuite d'aller dîner rapidement au Select. Il y avait énormément de monde, beaucoup de têtes d'habitués, des gens que Millefeuille connaissait, la nuit était de nouveau peuplée.

Les lumières, la ville.

Millefeuille ravi se dit subitement qu'il téléphonerait à Léo le lendemain. Stimulé par cette décision il but une demi-bouteille de bordeaux avec son steak tartare, et rentra en chantonnant. Avant de monter il s'arrêta à la brasserie et but un café décaféiné au comptoir, il se sentait jeune, joyeux et en forme.

Il remonta chez lui et tourna un peu dans l'appartement, il n'avait pas sommeil, il avait en tête la phrase, C'est toujours les autres qui meurent, il n'arrivait pas à s'en débarrasser. Il finit par se mettre au lit et il s'endormit en feuilletant un livre sur les pyramides. Il fit un rêve où il se voyait avec un professeur qu'il avait beaucoup aimé, un professeur de littérature anglaise, c'est avec ce professeur qu'il avait commencé à lire Shakespeare, dans son rêve il lui demandait si les œuvres sauvent, il se rappelait en même temps dans le rêve qu'il avait réellement posé cette question, et le professeur lui répondait, Elles ne sauvent pas mais elles consolent, nous sommes les fils de nos œuvres, nos œuvres nous enseignent, nous protègent, nous consolent comme des parents, et dans le rêve Millefeuille, intrigué, se disait, je suis intrigué, et demandait, quelles œuvres, toutes les œuvres ? Et le professeur répondait, les œuvres qui durent, et Millefeuille se sentait perdu.

Il se réveilla en murmurant, perdu, comme fichu, foutu, fini, ou perdu comme un enfant perdu ?

Il était très tôt, beaucoup trop tôt, et Millefeuille de très mauvaise humeur décida de se rendormir, mit longtemps, y arriva et fit un rêve où il se vengeait, de qui, de quoi, le rêve ne le dit pas, mais il se vengeait, sérieusement et à fond.

Réveillé de nouveau à une heure décente il se fit du café en écoutant les nouvelles de la rentrée, se mit à sa table avec *Richard II* et fut pris d'un rire nerveux en se rappelant l'épitaphe qu'une femme, mais qui, il faut vraiment être une femme pour oser ça, qu'une femme avait fait inscrire sur sa tombe : Je m'ennuie déjà.

A little grave, a little little grave, une petite tombe, une petite petite tombe, Millefeuille la voyait, il la voyait exactement, une pierre simple, un peu bleutée, granuleuse, avec une inscription noire, des lettres normales, nettes, surtout pas de chichi, non quand même ça suffit, je pense à quoi, ça suffit, Millefeuille se houspillait, se grondait, mais au fond de lui-même il rigolait, il continuait de rire.

En même temps, il se sentait furieux. Furieux, furieux, furieux, je ne sais pas ce que j'ai d'être furieux comme ça, se disait Millefeuille, mais je le suis, je l'assume, je ne vais pas me brimer, je suis roi de ma fureur, dit Millefeuille à voix haute et sans humour aucun, je suis roi de ma rage, je me donne ce droit, j'ai le droit, j'assume, je suis furieux.

Il finit par se calmer et se remit à son commentaire, mais au bout d'un instant très court il pensa, J'avais décidé qu'aujourd'hui j'allais appeler Léo.

O.K., O.K., je le fais.

Il se répéta, Je le fais, pendant un moment. Ensuite il prit son calepin, composa le numéro, attendit.

Personne, et pas de répondeur.

Ils ne sont peut-être pas encore rentrés, se dit Millefeuille, déçu et soulagé, je rappellerai.

Le soleil entrait partout, c'était le moment d'aller au marché. Millefeuille avait fait une liste extrêmement longue et précise, il avait dans l'idée que tous les vendeurs seraient revenus et il se réjouissait d'avance.

Il passa d'abord au Monoprix, s'acheta dans un élan deux chemises à carreaux dont il n'avait aucun besoin mais qui étaient vraiment données, et commanda du vin, de la bière, je n'en bois presque jamais mais ça peut être utile, et de l'eau, eau plate et eau gazeuse, des jus, l'eau et les jus sont non seulement utiles mais nécessaires, bref, comme il l'expliqua un peu trop longuement à la caissière, derrière lui on s'impatientait, il n'y avait plus rien à la maison.

Le marché était plein à craquer, tout le monde refaisait le plein, des files partout, mais pour une fois ça n'ennuyait pas Millefeuille qui conversa avec un père et ses deux petites filles, une vieille dame grognon qu'il dérida, une jeune femme brune magnifique et en short, et un couple de touristes japonais à qui il conseilla le musée Bourdelle.

À la fin il alla voir Martine, très bronzée et joyeuse derrière son étalage de poisson.

Il prit une tranche de pâté de crabe aux légumes, spécialité de Martine, et lui demanda deux boîtes d'œufs de saumon.

Je n'en ai jamais mangé, dit Martine en lui donnant.

Comment ça, dit Millefeuille sidéré, comment ça vous n'en n'avez jamais mangé. Mais vous les vendez.

Je les vends, dit Martine, bien sûr je les vends, elle était un peu gênée.

Elle regarda Millefeuille.

Je ne sais pas comment ça se mange, dit Martine.

On n'en mangeait pas à la maison.

C'est cher.

Millefeuille n'en revenait pas. Il répéta, Vous vendez des œufs de saumon et vous n'en n'avez jamais mangé.

Il dit, il ne put s'empêcher, Mais enfin, Martine…

Martine secoua la tête, les joues rouges.

Elle finit par demander :

Comment vous mangez ça.

Millefeuille lui expliqua. Avec ou sans citron.

Il faut absolument que vous en mangiez, dit Millefeuille. Autrement, ça ne va pas.

Pourquoi ça ne va pas, demanda Martine, agressive.

Parce que, dit Millefeuille… Parce que… Il cherchait.

Ce serait immoral, finit par dire Millefeuille.

Il rit.

Martine, détendue, dit, Je ne vois pas pourquoi.

Elle promit d'essayer.

Millefeuille rentra chez lui chargé, deux paniers et des paquets dans toutes les poches.

Devant la porte de l'immeuble il crut voir Loïc, pour une fois il était seul, sans Cristelle.

Loïc le regardait passer sans rien dire.

Millefeuille secoua la tête, mécontent.

Il monta lentement, c'était désagréable de voir Loïc. Il entra chez lui avec une certaine crainte, et dit très fort, Les fantômes n'existent pas, je ne crois pas aux fantômes.

Il s'assit dans la cuisine et regarda autour de lui. Murs blancs, silencieux.

Il rangea très lentement, avec soin, remplir le frigidaire était une chose qu'il aimait beaucoup faire. Ensuite il se souvint de sa femme de ménage. Il lui téléphona et lui laissa un message sur son répondeur.

Le livreur arriva avec sa commande, il rangea les boissons.

Il pensa qu'il devait appeler Léo, se dit, Tout à l'heure, et s'assit, fatigué, vraiment fatigué.

Du fond de sa fatigue, il vit les mots qui se dessinaient sur le mur.

Enter Ghost. Exit Ghost. Le fantôme entre. Le fantôme sort. *Adieu. Adieu, adieu, remember me.* Adieu. Adieu, adieu, souviens-toi de moi.

Hamlet, se dit Millefeuille, Hamlet et le fantôme de son père.

Mais est-ce que Hamlet fait partie des Rois, est-ce qu'il faudrait que j'écrive sur Hamlet, se demanda Millefeuille.

Je n'en finirai jamais.

Pourquoi en finir. Je n'ai aucune envie de finir.

C'est impossible de finir.

Quelle horreur, finir.

Quelle horreur ne pas finir.

Finir, finir, finir.

C'est impossible de finir.

C'est les fous qui ne finissent pas.

Je suis épuisé, dit Millefeuille. Repos.

Il ferma les yeux deux minutes. Ensuite il se mit à sa table, relut ses dernières pages, avança un peu. Vers le milieu de l'après-midi Micheline lui téléphona, elle était rentrée, l'invitait à dîner pour le lendemain, elle avait rencontré un de ses anciens élèves en Normandie, ce serait amusant de le revoir. Millefeuille accepta.

Quand il raccrocha, il essaya de joindre Léo, toujours personne et pas de répondeur. De nouveau à la fois soulagé et déçu il se dit avec une certaine mauvaise foi, Je vais commencer à m'inquiéter, et se fit un *post-it* pour le lendemain.

Tout de suite après Sammy l'appela, il avait trouvé plusieurs DVD qui pourraient lui être utiles, des mises en scène de Shakespeare, ils prirent rendez-vous pour samedi matin, et Millefeuille, rendu guilleret par toutes ces perspectives, alla manger une choucroute rapide à la brasserie, fit un tour sur le boulevard, et rentra se coucher.

Il ne rêva pas de fantômes, il rêva de choses plaisantes et indéterminées, mais ce rêve fut gâché par le fait qu'une voix lui murmurait tout au long du rêve, Tu fais exprès de ne pas rêver de fantômes, ça ne compte pas, ça ne compte pas, tu triches. Au petit matin excédé il se tourna sur le côté et pensa dans son sommeil, Si, ça compte, puisque je rêve d'autre chose, de quoi tu rêves alors, lui dit la voix, et il répondit, je rêve, je rêve, je rêve, et il se réveilla.

Il ouvrit grands les yeux et se dit, Je n'ai pas rêvé de fantômes, j'ai rêvé de folie, de folie, comment ça de folie, la voix continuait, mais est-ce que c'était encore la voix, comment ça de folie, Oui, exactement, il répondait, j'ai rêvé de la folie Millefeuille.

Il s'assit tout droit dans son lit et répéta à voix haute, La folie Millefeuille. Ça alors. Pas mal.

Il sourit, Tu es en forme, mon vieux, haussa les épaules, sortit du lit et alla se faire un café.

Il était de très bonne humeur, très content de dîner chez Micheline avec cet ancien étudiant. Il décida que pour le moment il terminerait *Richard II*, et il était en train d'écrire sur l'abdication du roi, Est-ce qu'il n'y a que les Rois qui abdiquent, un homme quelconque ne peut-il pas abdiquer, mais alors, de quoi abdique-t-il, quand son fils l'appela. Il proposait de passer le voir dimanche avec ses photos de vacances. Millefeuille lui demanda s'il était d'accord pour les montrer aussi à Sammy avec qui il avait rendez-vous. Jean dit, Bien sûr, et qu'il viendrait vers 4 heures. Millefeuille appela Sammy et lui demanda s'il pouvait passer avec ses DVD non pas samedi mais plutôt dimanche vers 4 heures, Sammy pouvait, et Millefeuille se félicita chaleureusement d'avoir ainsi négocié la corvée de Jean-retour-de-vacances.

Il se souvint de Léo au milieu de l'après-midi, téléphona, toujours personne. Millefeuille décida que si ça continuait il essaierait de joindre Zoé.

Il fit un tour, acheta des fleurs pour Micheline, huma l'air de la rentrée, remonta, se fit beau et appela un taxi, Micheline habitait le XVIe.

Le ciel était transparent, quelques traînées de nuages, il demanda au taxi de prendre le pont Alexandre-III, et tout en conversant avec le chauffeur qui lui parlait de la Savoie, son pays, et en soulignant qu'il écoutait avec des C'est intéressant, comme toujours il se disait, Ah c'est beau c'est beau Paris en regardant simultanément Notre-Dame d'un côté et de l'autre les collines, les hauteurs de Passy, Saint-Cloud.

Mais le dîner du soir fut ennuyeux, au moins pour Millefeuille. Quand Micheline lui avait dit le nom de son ancien élève, il s'était rappelé un étudiant brillant, beau garçon, poète et romantique, mais en voyant le jeune homme qu'elle avait invité il se rendit compte qu'il avait mélangé des noms. Gilles était timide et trop gros pour son âge et ce fait obséda Millefeuille qui estima qu'il avait une responsabilité par rapport à Gilles, sa corpulence, son avenir, et qu'il devait lui parler, lui donner des conseils, mais comment lui dire, et d'ailleurs lui dire quoi.

Il finit par demander à Gilles ce qu'il pensait des vélos dans la ville, de la location de vélos, s'il faisait du vélo, s'il aimait ça, ajoutant que c'était un bon exercice, pour la santé, pour la forme, pour l'intellect, allusion subtile, espérait Millefeuille, au corps, aux muscles, à l'obésité qui se profilait, etc.

Gilles, d'abord étonné, dit que sa fiancée faisait beaucoup de vélo, et ensuite l'interrogea sur ce qu'il faisait, lui Millefeuille, maintenant, Maintenant insista Gilles.

Ce maintenant énerva Millefeuille au plus haut point, maintenant, maintenant, c'est quoi, maintenant. Gilles se confondit en excuses, mais de toute évidence il ne comprenait pas de quoi il devait s'excuser.

Bref, un idiot et un imbécile, Millefeuille en voulait à Micheline, qu'est-ce qu'il avait, lui, en commun avec cet abruti.

Micheline ne voyait rien, et servait ses plats.

Millefeuille rentra chez lui en pestant, mais en même temps, il était bizarrement content.

Ah les jeunes, se disait Millefeuille… ah les jeunes…

Après tout, se disait Millefeuille… après tout…

Il mit la télévision, ce qui lui arrivait rarement, ne trouva rien, Mais alors rien, et ce fait, prévisible, au lieu de l'énerver, redoubla encore sa bonne humeur.

Je ne comprends pas, se disait Millefeuille, ça devrait me mettre en colère, m'enrager, m'agacer, m'énerver, et non, au contraire.

Ce n'est tout de même pas la bêtise universelle qui me met de bonne humeur, se disait Millefeuille en rigolant, et il se mit au lit et dormit d'une traite jusqu'au lendemain.

Le matin après le petit déjeuner Millefeuille eut un pressentiment. Il venait de prendre une douche et de se raser avec soin en se regardant dans le miroir agrandissant qu'il oubliait souvent d'utiliser, Mon vieux, quelle tête tu as, il était assis confortablement à sa table, et il se dit, ça va être une mauvaise journée, je ne sais pas pourquoi mais je suis sûr que ça va être une mauvaise journée. Il se répéta plusieurs fois, C'est bête, si tu penses que ça va être une mauvaise journée, ça devient une mauvaise journée, mais le sentiment était là. Est-ce qu'il y avait une raison, il n'en voyait pas. Le mot « maintenant » lui revint, il éprouva une intense irritation devant ce mot, il se redit en l'amplifiant ce qu'il avait répondu à ce gros Gilles qui lui demandait ce qu'il faisait « maintenant », pourquoi maintenant, c'est quoi, maintenant, maintenant par rapport à quoi, quelle est cette mise en demeure de maintenant, je m'en fiche de maintenant, maintenant ce n'est pas plus terrible qu'hier ou demain, ça suffit avec maintenant, je le jette par la fenêtre, maintenant, maintenant c'est ni plus ni moins, que quoi, que maintenant, maintenant c'est pareil, je ne vais pas me laisser intimider par maintenant, comme si hier c'était mieux, hier, mais je m'en fiche d'hier, et demain, je m'en fiche de demain, c'est demain, ou après-demain ou après-après-demain…

Il décida d'ignorer le mot qui continua à danser devant lui un moment pendant qu'il retraduisait exprès quelques lignes de *Macbeth*, justement *Tomorrow and tomorrow and tomorrow*, je ne vais pas me laisser faire, ce ne sont pas les mots qui me commandent, c'est moi qui commande aux mots, et il prit un certain plaisir à faire mieux, un peu mieux, n'exagérons rien, un peu mieux que tout ce qu'il avait sous la main en fait de traductions. Si je me compare aux autres, ça va, si je me considère, je désespère, il se récita le proverbe mais ne fut pas vraiment amusé.

Le ciel était bleu, il ne faisait pas trop chaud, il fit un tour jusqu'à l'Observatoire et revint en autobus, mais la voûte unie sans nuages sous laquelle il avançait ne faisait que creuser, approfondir, augmenter le sentiment que quelque chose de mauvais, de désagréable, était là, présent, ne le quittait pas. Il s'assit à la brasserie, l'air sombre. Il était incommodé par le bruit, les jeunes gens qui étaient là et qui frappaient frénétiquement, lui semblait-il, sur leurs machines. Mireille vint lui parler, il n'avait pas envie de l'écouter, et il se rendit compte qu'il se sentait seul, mais alors seul, dans une solitude totale.

Il regarda Mireille qui s'arrêta de parler et lui sourit gentiment.

Ça n'a pas l'air d'aller, elle lui demanda.

Non, dit Millefeuille. Je me sens seul.

Mais vous avez vos amis, dit Mireille. Tous vos amis. Tenez, monsieur Charles est passé ce matin, il m'a demandé de vos nouvelles. Vos amis et votre fils, insista Mireille, inquiète, vous avez votre fils.

Millefeuille haussa les épaules. Il se leva péniblement, fit un geste de la main et partit en traînant les pieds comme un gamin. Arrivé devant l'immeuble, il eut l'idée de faire un tour au musée, entra dans le hall, se découragea et remonta chez lui.

Il avait plusieurs messages, sa femme de ménage, son fils qui apporterait une tarte dimanche, un collègue avec qui il avait le projet de manuel, *L'Art d'enseigner la littérature*. Rémi, c'était son nom, prenait de ses nouvelles, et proposait une rencontre avec deux autres anciens professeurs qui faisaient partie du projet. Suivait, c'était vraiment la rentrée, un message du directeur de la revue pour laquelle Millefeuille écrivait ses Rois. Comment allait-il, avait-il passé un bel été, où en était-il, son article, etc., et Robert lui parlait d'un livre sur Shakespeare qui venait de sortir, il devait absolument le lire. Ce dernier message agaça Millefeuille. Il connaissait l'auteur du livre sur Shakespeare, il ne l'estimait pas. Il se récita *Words, words, words*, des mots, des mots, des mots, et adressa mentalement à Robert une petite harangue sur l'expérience véritable d'une œuvre qui n'avait rien à voir avec ces fariboles... Il remarqua qu'en prononçant le mot expérience il pensait en même temps aux Rois et aux fantômes et à Loïc, mais il continua, quand on fait l'expérience, disons, de Macbeth, ou de Richard, quand on les rencontre, je dis bien, quand on les rencontre...

Millefeuille se versa un verre de bordeaux en continuant sa harangue, mangea une tomate en lisant les journaux qui traînaient et se coucha, calmé.

Il rêva de son fils, ce qui ne lui arrivait jamais, dans le rêve il se disait, c'est bizarre, pourquoi je rêve de Jean, je ne rêve jamais de Jean, qu'est-ce qu'il devient, Jean, au moins il n'est pas gros comme Gilles, Jean c'est la moitié de Jean-Pierre, il me ressemble, il ressemble à sa mère, ressembler rassembler, il me ressemble il me rassemble... et tout ça, disait Millefeuille dans le rêve, tout ça, ça me fait rire, mais rire, et il riait, il riait, il se réveilla avec le corps plein de rire.

Il sortit du lit, toujours souriant, but une orange pressée en écoutant les nouvelles dans la cuisine, fit du café en remarquant à quel point il ne se passait rien, ou alors toujours les mêmes choses, guerres et misère, misère et guerres, s'en voulut de ce constat désabusé, ne se laissa pas abattre, s'assit à sa table. Dès qu'il s'assit il pensa immédiatement qu'il avait rêvé de la mort, ce rêve était sous l'autre, caché, planqué, et il lui revint, aigu, il avait rêvé des œuvres et de la mort, les œuvres consolent, elles ne sauvent pas, elles sauvent de l'oubli, mais elles sauvent qui de l'oubli, moi peut-être, si je laisse une trace, quelle trace, mais pas les autres, ceux qui ne laissent pas de traces, les anonymes, comment peut-on être anonyme, anonyme pour qui, avoir un nom, ne pas avoir de nom, un nom pour qui, mais est-ce qu'on peut se sauver seul, non, se sauver ou se consoler, seul, non, alors, alors quoi, il n'y a pas de justice, on peut être sauvé et d'autres non, sauvé c'est quoi, je me le demande…

Millefeuille se leva de sa table, alla dans la cuisine se reverser un café, revint s'asseoir et dit à voix haute, Ça suffit, je travaille, et il travailla toute la matinée. De temps en temps il regardait par la fenêtre et se disait, Il fait beau, pas trop chaud, je sors tout à l'heure, mais il restait bien concentré, il n'avait pas du tout envie de se laisser disperser, diluer, dissoudre, éparpiller, effilocher, il avait ces mots derrière la tête, au fond du crâne, et il se concentrait d'autant plus. Stimulé par l'évocation du nouveau livre sur Shakespeare dont lui avait parlé le directeur de la revue, il se disait, Allez, il faut finir, sans bâcler bien sûr, mais je dois finir, et il notait des idées pour la conclusion, une synthèse, mais ouverte. Les Rois et nous, histoire et temps présent.

Il déjeuna rapidement, ferma les yeux dix minutes, reprit, et vers 4 heures se dit qu'il ferait bien de faire quelques courses supplémentaires pour le lendemain. Une fois dehors il commença à marcher en direction de l'Observatoire, humant l'air, le nez au vent, le temps était trop agréable, une légèreté, une douceur… Il se souvint du livre sur Shakespeare et décida d'aller au moins le regarder. Il entrait dans une librairie du boulevard Montparnasse quand il vit Zoé. Zoé était seule mais il pensa tout de suite à Léo. Zoé le vit aussi et dut penser un instant de faire semblant de ne pas le voir, c'est en tout cas ce que se dit Millefeuille, parce que son visage resta immobile, immobile de façon excessive, exagérée, et puis, non, elle le regarda, et fit un demi-sourire. Il s'approcha et lui dit Bonjour, je pensais justement à vous, à vous deux, à Léo, j'ai lu son chapitre pendant l'été, il faut qu'on se voie. En même temps il se sentait un peu idiot de commencer comme ça, et il ajouta, Vous m'avez l'air en pleine forme, bronzée, magnifique, vous avez passé de bonnes vacances ? Zoé le regarda, genre mi-figue mi-raisin, elle ne dit rien, ensuite elle dit, Oui, très bonnes, merci, et vous ? Ensuite : Bien sûr, ça fera très plaisir à Léo, Millefeuille dit, J'ai essayé de téléphoner plusieurs fois, ça ne répondait pas. Zoé dit, Oui, on a eu des problèmes avec la ligne. Millefeuille dit, Venez dîner, venez dans quelques jours, venez mercredi, Zoé hésita un peu, elle restait sur sa réserve, c'est ce que pensa Millefeuille, ensuite elle dit, Il faut que j'en parle à Léo, on vous appelle, je ne connais pas ses horaires. Elle sourit un peu, et dit Au revoir. Millefeuille se rendit compte qu'il était soulagé de la voir partir, content de l'avoir vue mais soulagé.

Il resta à réfléchir un moment, il lui semblait qu'il devait régler au plus vite la question du chapitre de Léo, c'était urgent, pourquoi il ne savait pas mais c'était urgent.

Il alla regarder le livre sur Shakespeare. Le livre lui parut superficiel et sans intérêt, ce qui le remplit d'aise. Il continua sa route, d'excellente humeur, acheta des quantités de choses chez un traiteur qu'il connaissait et rentra en sifflotant.

Sur le chemin du retour il s'arrêta au magasin où travaillait Charles. Charles était là, ils discutèrent de la situation en Afrique. Charles était désespéré. Millefeuille lui dit des paroles apaisantes auxquelles lui-même ne croyait pas, mais Charles qui pour une fois parlait de façon précipitée, volubile, sans calme aucun, le remercia les larmes aux yeux. Millefeuille, très troublé, ne savait pas quoi faire, il invita Charles à passer le lendemain, Charles dit qu'il viendrait s'il pouvait, il demanderait à Aïsata.

Millefeuille rentra, un peu fatigué, il avait beaucoup marché. Tout en se préparant un potage en sachet pas mauvais, pas mauvais du tout, il se demandait quels DVD Sammy allait lui apporter le lendemain et décida de regarder un film, lequel. Comme il continuait à penser à Charles, il choisit *Le Sergent noir* qu'il regarda en dînant. Quel film formidable, se répétait Millefeuille, il trouvait d'ailleurs que l'acteur ressemblait un peu à Charles, et il glissa rapidement dans le sommeil.

La porte s'ouvrit doucement, et deux formes encapuchonnées pénétrèrent dans l'appartement, elles avançaient sans bruit, c'était inquiétant ce silence, un silence total, on n'entendait rien, même pas la respiration, peut-être ils ne respirent pas, se dit Millefeuille qui ouvrait grands les yeux dans le noir, il sentait qu'il y avait deux personnes à côté, dans la pièce à côté, qu'est-ce qu'ils veulent, j'ai peur, qu'est-ce qu'ils cherchent, c'est effrayant, les deux formes silencieuses se déplaçaient en glissant, deux grands reptiles noirs, j'ai peur j'ai peur, Millefeuille répétait, les yeux écarquillés, au secours, au secours, allez-vous-en, allez-vous-en, il ne criait pas, il n'arrivait pas à crier, les formes riaient méchamment, il les entendait rire, un rire étouffé, gélatineux, au secours, au secours, je n'ai rien fait, ce n'est pas ma faute, c'est ma faute, je n'ai rien fait, qu'est-ce que je pouvais faire, je n'ai rien fait. Millefeuille hurla et il se réveilla en sueur.

Il resta un moment allongé dans le lit, pétrifié. Ensuite il eut la force d'allumer sa lampe de chevet, il était 5 heures du matin, il se leva quand même, se fit un café, se recoucha et se rendormit la tête vide.

Millefeuille me téléphona le dimanche matin de la rentrée et me demanda si je voulais passer « comme ça, au pied levé » chez lui dans l'après-midi, il y aurait son fils, qui revenait de son voyage, et Sammy et Charles que je connaissais. Je lui promis de venir, il n'avait pas l'air en forme. Quand j'arrivai chez lui vers 16 h 30, il y avait déjà son fils Jean qui montrait ses photos à Sammy. Charles sonna juste après moi, il était avec sa femme, Aïsata, très belle et habillée avec des couleurs magnifiques, du jaune, du bleu, du violet. On regarda les photos, très réussies et même exceptionnelles. Jean avait un regard aigu et un sens du bizarre. On parla de l'Afrique, de l'Est et de l'Ouest, Charles ne connaissait pas du tout la Tanzanie ni Zanzibar. Sammy s'intéressait aux animaux. Je trouvais Millefeuille trop fatigué, il me confia qu'il faisait des cauchemars, et dit en riant que c'était la faute aux jeunes, mais ne m'expliqua pas. Il me paraissait un peu absent, regardait de façon trop distraite les photos de Jean, ne faisait aucun commentaire, et s'occupait presque exclusivement d'Aïsata et de Charles, surtout d'Aïsata d'ailleurs, qui lui racontait de façon très détaillée la scolarité passée et les espérances actuelles de ses trois enfants. On était en train de terminer la tarte apportée par Jean quand à propos de vacances, de nouvelles à rattraper et de l'état général du monde Jean parla d'un fait divers qu'il avait appris en rentrant, c'était la gardienne de l'immeuble qui lui avait raconté. Au bout de quelques phrases je reconnus l'histoire des deux jeunes, le couple surnommé Bonnie-et-Clyde qui avait tellement dérangé Millefeuille. Je le regardai, il était vert. Jean continuait sans s'apercevoir de rien, son père l'interrompit brutalement, Des petits salopards, on ne parle pas des petits salopards.

Jean s'arrêta, tout le monde sidéré.

Je les ai bien connus, dit Millefeuille, il parlait avec des phrases hachées, des mots qui ne correspondaient pas. Je les ai connus jusqu'à l'os. Et ils en profitent pour revenir m'emmerder.

Aïsata lui dit, Voyons, Jean-Pierre, ces jeunes, ils n'ont pas eu de chance, dans leur vie, ils n'ont pas eu de chance. Ils se sont enfuis de chez eux, j'ai lu ça, dit Aïsata.

Millefeuille secouait la tête.

Sammy dit qu'ils n'avaient rien à voir avec Bonnie et Clyde, les médias fabriquaient n'importe quoi, etc.

Charles dit qu'en Afrique les jeunes respectaient les Anciens.

Millefeuille ne disait rien.

Jean le regardait d'une façon étrange, il me semblait, et dit au bout d'un moment, Mais enfin, papa…

Millefeuille haussa les épaules avec fureur, ensuite, Excusez-moi, je m'emporte, je suis trop fatigué, et ajouta, Jeanne, mon amie Jeanne, me dit que je me morfonds toujours pour des choses impossibles.

Tout le monde rit, soulagé, et la conversation reprit sur l'Afrique.

Quand il me raccompagna à la porte, Millefeuille me parla de sa rencontre avec Zoé et du dîner prévu, est-ce que je voulais venir. Je lui dis que je ne pouvais pas, mais que j'étais contente qu'il les revoie. J'espérais qu'il parlerait avec Léo de son travail.

Quand Millefeuille se retrouva dans sa cuisine, ses invités partis, le ciel encore clair, la soirée déjà un peu entamée, il se dit, J'étais content qu'ils viennent, je suis content qu'ils soient partis. Sammy lui avait laissé des DVD, des mises en scène de Shakespeare, mais il n'avait pas envie de les regarder. Charles et Aïsata étaient retournés chez eux, rassérénés, il lui semblait. Son fils Jean, son fils Jean… il lui avait à peine parlé, mais, se disait Millefeuille, ça va, ça va… Ce qui l'occupait vraiment c'était le rendez-vous dans deux ou trois jours avec Léo et Zoé, ce dîner, il fallait qu'il s'y prépare.

Ce qu'il fit, consciencieusement. Il ressortit le chapitre de Léo et le relut, il réfléchit en essayant de penser quoi dire.

Rien ne venait, rien de rien.

C'était un rien si total qu'il finit par étonner Millefeuille.

Comment je peux penser rien à ce point, il se demanda. Ce n'est pas normal, je fais exprès.

Il se sonda, s'examina, rien, il ne pensait rien.

Il était fatigué tout de même, il décida de remettre au lendemain. Il rangea un peu, et, chose inhabituelle, voulut fermer la porte d'entrée à clef, pour aucune raison particulière, mais voilà, il voulut la fermer.

Il chercha ses clefs, ne les trouva pas.

Ni dans la poche de son pantalon, ni sur le meuble du téléphone, nulle part.

Il chercha dans la cuisine, il chercha dans le salon, il chercha près de son lit, rien.

C'est incroyable, c'est insensé, Millefeuille vraiment inquiet repoussait une panique montante, est-ce que je les ai laissé tomber, quelqu'un a pu les ramasser, il n'y a pas mon nom dessus, on ne peut pas savoir à qui elles appartiennent, oui mais si on m'a suivi, c'est idiot je n'ai vu personne, oui mais je ne faisais pas attention, qui m'aurait suivi, on peut m'avoir suivi, qui ça on, personne, je ne pense à personne, à personne.

Millefeuille s'arrêta un moment, baissa la tête et continua à répéter, à personne, à personne.

Il releva la tête et dit, Si, je sais très bien à qui je pense, à Loïc, je pense à Loïc et à Cristelle.

Ça suffit c'est stupide, Millefeuille complètement angoissé recommençait à aller et venir dans l'appartement.

C'est idiot, je suis rentré avec mes clefs, alors, se dit Millefeuille, mais cette évidence ne le tranquillisait pas.

Il s'assit et essaya de récapituler la journée,

en fait il n'était pas sorti, c'était donc la veille, qu'est-ce que j'ai fait hier, je ne me souviens pas, subitement Millefeuille sortit sur le balcon et regarda la rue, il faisait encore un peu clair, il voyait la rue et au bout de la rue le boulevard, les arbres, les feuilles, devant lui le musée, il avait l'impression qu'il y avait une personne tapie devant l'entrée, il voyait un garçon avec une casquette, des vêtements gris, il essayait de distinguer mieux, il se pencha, il se pencha, il avait les mains agrippées, très chaud et envie de crier, montrez-vous bande de lâches, montre-toi, il ne cria pas, le cri resta dans sa tête.

Il rentra, le cri était toujours dans sa tête, il le sentait, il fit le tour du salon, s'assit sur le canapé, se releva et ressortit tout de suite sur le balcon, regarda mieux, c'était une poubelle. Je m'en doutais, dit Millefeuille à voix haute et à la cantonade, mais il savait très bien qu'il ne s'en doutait pas du tout.

Il rentra de nouveau, alla dans la chambre, vit sa veste posée sur une chaise, mit la main dans la poche, les clefs étaient là.

Qu'est-ce que c'est que ça, dit Millefeuille même pas furieux tellement il était content, qu'est-ce que c'est que ça, je ne les mets jamais là, je les mets dans le pantalon, pas dans la veste, ça déforme les poches de la veste, Deborah me disait toujours de ne pas mettre les clefs dans les poches d'une veste.

Il était mort de fatigue, il alla se coucher.

Il se réveilla de bonne humeur en se disant, Tant mieux, c'est lundi, et tout en prenant son café il se félicita de n'avoir pas rêvé.

Il se récita *To be or not to be… To die, to sleep… To sleep, perchance to dream…* et se dit, dans un élan, que *Hamlet* ferait partie des Rois.

Il travailla toute la matinée et comme il se sentait un peu ankylosé il décida de sortir et de marcher.

Il marcha jusqu'à l'Observatoire, prit un autobus et rentra.

En arrivant chez lui il s'allongea sur le canapé et s'endormit d'un seul coup quelques minutes.

Quand il ouvrit les yeux il pensa à Léo, et l'appela tout de suite. Zoé répondit, Léo n'était pas là mais elle lui avait transmis l'invitation, elle allait téléphoner, le jour qui leur convenait le mieux était le jeudi, est-ce que c'était possible.

Millefeuille très content dit que oui, et promit de préparer un dîner mémorable. Zoé rit et dit qu'ils apporteraient un dessert.

Après avoir raccroché Millefeuille soupira d'aise et se dit Enfin, ce qui l'étonna. Il se mit à penser au menu, se reprit, et se dit, le chapitre, le chapitre. Mais le chapitre, à part de dire qu'il était très bien, formidable, passionnant, il ne voyait pas, non vraiment, pas du tout. Il décida de ne pas s'inquiéter, il avait le temps, et se remit à rêver aux différents plats. Ensuite il se dit qu'il pouvait prendre un jour de vacances et qu'il y avait un nouveau film américain qui venait de sortir, juste à côté.

Il essaya de joindre Jeanne mais elle n'était pas rentrée et il décida d'y aller seul. Tout en attendant le film et en subissant les publicités il échangea quelques propos avec ses voisines, deux jeunes femmes rieuses et agréables qui étaient étudiantes en économie et venaient de Marseille. Ah, c'est intéressant, dit Millefeuille, et il commençait à leur exposer ses idées sur l'économie mondiale quand le film démarra.

C'était un film d'action qui se passait dans le monde de la finance, de temps en temps la tension faiblissait et sans perdre le fil Millefeuille se mettait à penser à tout autre chose.

Il pensait au nouveau livre sur Shakespeare et à la nécessité de finir son article.

Les Rois et la mort, la mort, la mort : j'y pense tout le temps, même quand je n'y pense pas.

Je vais mourir : comment penser cette phrase.

Cette phrase est un non-sens, on ne peut pas penser cette phrase.

Rien ne m'aide.

Qu'est-ce qui pourrait m'aider.

Les œuvres consolent, même si elles ne sauvent pas.

Je ne veux pas être consolé.

La mort pourrait être un objet de curiosité, je suis curieux de voir ce qui va se passer, qui disait ça, mon amie Françoise… avant de partir…

Est-ce que je suis curieux ? Je sais très bien que je ne crois pas qu'il y ait quoi que ce soit.

Mais je ne veux pas qu'on m'oublie.

Pourtant je ne serai pas là, alors.

Oui mais je veux mourir sans regret.

Sans regret, c'est quoi ?

Est-ce qu'on peut mourir calme ?

Non, on meurt toujours furieux.

À la fin du film heureusement tout s'accélérait, il ne pensa plus qu'à ce qui se passait sur l'écran, et il sortit un sourire aux lèvres.

Ses voisines aussi avaient été captées. Il leur proposa de prendre un verre, « en tout bien tout honneur », et elles acceptèrent en pouffant un peu.

Ils s'assirent tous les trois à la brasserie, Mireille leur apporta trois verres de vin et des cacahuètes, Millefeuille parla beaucoup, les filles aussi, elles racontaient leur vie de provinciales à Paris, elles avaient une chambre à la Cité universitaire, elles aimaient leurs études, elles ne savaient pas vraiment ce qu'elles feraient plus tard.

Millefeuille les trouvaient charmantes, et leur dit.

Elles riaient mais semblaient vraiment contentes. Quand elles se levèrent pour partir, il leur dit que la jeunesse d'aujourd'hui lui donnait de l'espoir, et elles rirent encore avant de se diriger vers le métro.

Millefeuille, un peu éméché, il n'avait rien mangé de la journée, demanda un steak frites à Mireille. Tout en mangeant il pensait encore aux filles, et aussi à Léo et Zoé, des pensées vagues, floues, pas désagréables. Il était heureux, plus qu'heureux, enchanté, de les voir jeudi.

Il rentra en traînant un peu et écouta de la musique avant de s'endormir.

Il se réveilla avec l'expression « mettre les petits plats dans les grands » et resta un moment allongé sur le dos en pensant à diverses combinaisons pour le repas de jeudi. Ensuite il se secoua, se leva, prit une douche et commença la journée. Dès qu'il se mit à sa table il se rendit compte qu'un sentiment l'oppressait, le clouait sur le fauteuil, un sentiment de pesanteur, une masse noire, une catastrophe, quelque chose allait mal se passer, mais quoi, pourquoi, quelle chose, est-ce qu'il s'agissait des deux jeunes gens, ou du dîner, ou quoi. Il n'arrivait pas à travailler, ne pensait qu'à jeudi, tout en ne pensant rien, absolument rien, le vide, et tout en se disant, c'est ridicule, travaille, mais travaille donc. La matinée se dispersa, s'effilocha, allers et retours entre ses pages qu'il fixait d'un œil morne, raturait, reprenait, et son carnet où il notait des courses à faire ou des idées de menu.

Quel manque de concentration, il se houspillait, arrête, c'est pas possible.

Jeanne l'appela, elle venait de rentrer et avait vu qu'il avait téléphoné, il se plaignit amèrement de sa fatigue et de son manque de concentration mais ne parla pas du dîner prévu. Elle le rassura, il avait toutes ses facultés, qu'il cesse donc de s'inquiéter, et elle lui dit qu'elle passerait sûrement en fin de semaine, le temps qu'elle se réinstalle.

Mais le sentiment de crainte diffuse ne quittait pas Millefeuille. Il relut ses dernières pages et trouva tout très mauvais, il eut tout de même la présence d'esprit de se dire que vu son état il n'était pas bon juge.

Il s'assit sur le canapé et décida d'aller faire des courses.

Qu'est-ce qui m'inquiète, qu'est-ce qui m'inquiète, se répétait Millefeuille une fois dans la rue. Il avançait comme un somnambule, il ne regardait pas le ciel, il ne regardait rien.

Le Monoprix le fit immédiatement penser à Loïc et Cristelle, il fit une grimace.

Il sortit aussitôt, et vit arriver à sa rencontre un garçon jeune, mal habillé, avec une capuche.

Évidemment, c'était Loïc.

Non, ce n'était pas Loïc, mais presque.

Comment ça, presque.

Ça aurait pu être Loïc, ce n'était pas Loïc.

Comment est-ce que j'ai pu ne pas aller au rendez-vous, se dit Millefeuille.

Mais pourquoi je me harcèle.

Il avait les jambes coupées, chercha un banc, s'assit.

Et maintenant il faut que je dise quelque chose de bien à Léo.

Je ne sais pas quoi lui dire.

Tant pis.

Non, pas tant pis. Il y tient, c'est très important pour lui.

Je m'en fous, de son chapitre. Alors. Quoi.

La tête lui tournait.

Ça ne va pas, lui demanda une jeune femme en s'arrêtant et en se penchant vers lui.

Il secoua la tête, et dit que non, ça n'allait pas mais que ça irait. Il réussit à rire et à la faire rire. Elle lui proposa de le raccompagner chez lui, il sourit mais refusa énergiquement.

Il se disait, la honte, la honte.

En même temps il n'avait pas du tout envie, il se méfiait, qui était cette personne, etc.

Elle finit par partir, et il se releva, traversa l'esplanade très lentement et alla s'écrouler à une table de la brasserie, il ne voulait pas rentrer chez lui. Mireille s'assit quelques minutes à sa table et lui parla de son petit garçon, il l'écouta, et du fond de son mal-être lui donna quelques conseils de bon sens. Mireille le remercia avec effusion, ce qui lui fit du bien et l'aida à se rassembler. Il rentra en se disant, je ne sors plus, je ferai les courses demain.

Il se fit une omelette et passa la journée à lire des commentaires sur *Hamlet* et à écouter la radio.

Il fixa le menu et fit une liste exhaustive de

ce qu'il fallait pour le dîner de jeudi, il ferait simple finalement, simple et parfait.

Le soir il essaya de regarder deux des films sur Shakespeare que Sammy lui avait apportés, aucun ne lui plut. Pour se justifier il se redit la phrase, je suis dans le tragique, pas dans l'épique, et heureusement trouva un documentaire à la télévision, un film sur les requins, plus exactement, sur un homme qui nageait parmi les requins au large de la Colombie, un savant qui étudiait la faune et la flore sous-marines. Il regarda fasciné des images de cet homme au milieu des monstres et s'endormit inquiet.

Il dormit très mal et se réveilla en se disant, Bon, c'est demain. Il prit à peine le temps le déjeuner, descendit au marché avec son caddie, et acheta beaucoup de tout, légumes, fruits, salades, fromages, volailles, épices. Il cochait ses achats au fur et à mesure sur une liste et s'interdisait de penser à quoi que ce soit.

Sur le chemin du retour en traversant l'esplanade il passa à côté d'un groupe de garçons très jeunes qui tournaient autour d'une fille de leur âge en psalmodiant, mongole, gogole, gogole, mongole. La fille était immobile et avait l'air absente. Millefeuille s'approcha et dit au groupe, Arrêtez, c'est très méchant, pourquoi vous faites ça. Les gamins rirent et se dispersèrent en courant, la petite fille partit en traînant les pieds.

Millefeuille reprit son chemin et croisa Charles qui ne travaillait pas ce matin-là. Millefeuille, très content de la rencontre, lui dit qu'il était épuisé, malheureux, qu'il en avait marre, sans préciser de quoi. Charles l'aida à rentrer chez lui et à ranger et Millefeuille lui fit un café. Charles toujours très remonté parla de l'Afrique, des guerres qui ne finissaient pas, de la sécheresse qui venait.

Ils discutèrent un bon moment. Millefeuille se sentait mieux et d'une affection débordante pour Charles, il se répétait, Cet homme est un saint, et il avait envie de lui raconter sa vie, il se disait, tout dans le détail, le détail, en fait il ne pensait à aucun détail précis.

Ou plutôt, si.

Au bout d'un moment il ressentit un désir pressant, énorme, de lui parler de lui, Jean-Pierre Millefeuille, enfant.

Un désir énorme, subitement, une chose presque abstraite, qui prenait toute la place.

J'étais un enfant tellement triste, dit tout d'un coup Millefeuille à Charles.

Charles, étonné, le regarda.

J'étais un enfant tellement triste, répéta Millefeuille en regardant Charles, et Charles, avec son visage large et noir, sa carrure tranquille d'athlète, ses bras musclés et son T-shirt bleu ciel, lui paraissait l'endroit idéal pour se réfugier, se reposer.

En même temps, quoi dire.

Il y eut un silence.

Millefeuille regarda ses pieds et dit, Cette ville est trop sale, regardez cette poussière.

Il prit un kleenex et essuya lentement ses chaussures en soupirant.

Charles, soulagé, acquiesça, et remarqua à quel point il faisait lourd. Ils allèrent ensemble sur le balcon, regardèrent des nuages qui passaient, et décidèrent qu'il y aurait de l'orage.

Ensuite Charles dit qu'il devait partir et Millefeuille éprouva un trou d'angoisse, un véritable trou. Il eut la pensée qu'il ne pourrait en aucun cas rester seul. Mais il ne réussit pas à parler de ce sentiment à Charles, ni à lui demander de rester. À la place sur le pas de la porte il lui raconta l'incident avec les enfants, les garçons qui harcelaient une petite fille, il ne dit pas qu'elle semblait débile, il parla seulement du harcèlement.

Charles commenta sur la méchanceté des enfants mal élevés et partit, Aïsata l'attendait.

Millefeuille s'allongea, ferma les yeux, dormit quelques instants. Quand il se réveilla il avait trop chaud, le temps était encore plus lourd, orageux, il se leva et alla dans la salle de bains se mettre de l'eau sur le visage. Il s'aspergea, se redressa, et se figea net.

Il détourna les yeux, sortit en chancelant de la salle de bains et alla s'asseoir. Je n'y crois pas, il se répétait, je n'y crois pas.

C'était simple : il s'était vu sans nez.

Son visage : une surface lisse, les yeux, les joues, le front, le menton.

Il resta figé, le moindre mouvement lui paraissait impossible, dangereux.

Au bout d'un moment il se passa la main sur le visage, évidemment son nez était là, bien accroché entre les deux joues.

Il haussa les épaules. Mais il resta effrayé.

Tout d'un coup il pensa à l'incident avec les enfants sur l'esplanade et se rappela les termes, mongole, gogol. L'histoire de Gogol « Le nez » lui revint en mémoire, comment un fonctionnaire du tsar se réveille un matin sans son nez. Il avait toujours adoré cette histoire, le désarroi comique du bureaucrate et comment l'art de Gogol fait éprouver de la sympathie, malgré tout, pour le personnage. Mais quand même, quand même, comment je peux me laisser impressionner comme ça, je suis mal en point, quel imbécile.

Il ne savait pas quoi faire de lui-même et se mit à la cuisine. Il avança les préparatifs sans grande conviction, se concentra progressivement et finit par être content de lui.

Découper les légumes surtout l'apaisait, découper, hacher avec minutie, aligner sur un plat.

Micheline lui téléphona, et peu après Jeanne, toutes les deux voulaient savoir comment il allait, s'il n'avait besoin de rien. Il les rassura l'une après l'autre.

À Jeanne il faillit raconter l'histoire du nez. Il avait vraiment envie de lui raconter, ça la ferait rire, et puis il se ravisa.

« C'est trop personnel », il se répétait cette phrase qui en même temps lui parut étrange, déplacée, pas une raison. Mais il ne dit rien.

À la fin de la journée, mort de faim mais de

bonne humeur et même très gai, il décida de descendre à la brasserie.

En s'approchant il vit Ernest qui pérorait au milieu d'un groupe d'habitués, toujours avec son transistor collé à l'oreille. Te voilà toi, lui cria Ernest, ça n'a pas l'air d'aller mon vieux.

Millefeuille s'assit et lui répondit, Mais si ça va très bien, et toi, comment ça va ?

Mais non, ça va pas, ça se voit comme le nez au milieu de la figure que ça va pas, lui lança Ernest, tout en tendant son transistor à un voisin plus proche, écoutez-moi ça, ils sont vraiment déchaînés.

Millefeuille fit une grimace mais décida d'ignorer Ernest, et commanda une choucroute à Mireille.

Ernest vint s'asseoir à côté de lui, refusa la proposition de manger, accepta un verre et regarda Millefeuille en silence pendant qu'il dînait. Il finit par se lever et partir, au grand soulagement de Millefeuille qui termina tranquillement et remonta, en se disant, ce qu'il y a de bien avec Ernest… ce qu'il y a de bien avec Ernest… mais il n'arrivait pas à penser davantage.

Ah Ernest, se dit Millefeuille en s'endormant avec sa citation préférée, ah humanité.

Millefeuille rêva toute la nuit, les rêves se développaient, se poursuivaient, s'enchaînaient, s'interrompaient, reprenaient, il dormit dans un bain fluide de rêves au centre desquels il y avait toujours Ernest, qui changeait de vêtement à chaque épisode, tantôt très bien mis, costard-cravate, tantôt au contraire carrément loqueteux. Dans ses rêves Millefeuille le considérait avec affection, et Ernest se montrait digne de ce sentiment, prononçait des paroles sensées, en fait inaudibles mais que Millefeuille, dans le rêve, savait être sensées, des bonnes paroles. Il dormit d'une traite. L'orage annoncé avait éclaté dans la nuit, loin de Paris, l'air était frais. Il se réveilla reposé, détendu, sûr de lui, il prit son petit déjeuner en sifflotant, installa la table, finit ses préparatifs, se doucha, s'habilla et descendit acheter du pain. Sa boulangerie était de nouveau ouverte, il acheta toutes sortes de pains. En rentrant il eut envie de faire un tour au musée, il posa les pains et redescendit.

C'était l'ouverture, il avait le musée pour lui. Il s'assit dans le jardin. Les arbres autour de lui déployaient leurs feuilles, la variété de verts lui procurait un grand sentiment de bien-être, de tranquillité, et il regardait les statues, le cheval monumental, la grande femme debout dans sa tunique plissée, les murs de brique rouge. Des interlocuteurs familiers.

Il continuait à penser à Ernest, sans penser précisément à quoi que ce soit, mais c'était agréable, il se sentait porté. Ah Ernest, se répétait Millefeuille. S'il le revoyait il essaierait de lui faire accepter quelques vêtements, il était vraiment trop mal habillé. Il resta assis un bon moment, l'arrivée d'une classe de tout-petits avec une maîtresse blonde et vive le mit en joie. Il écouta les explications de la maîtresse, regarda les enfants en train de dessiner, et refusa énergiquement de penser à son fils. Ensuite il remonta chez lui en se disant, tout est en ordre, ils n'ont qu'à venir.

Léo et Zoé arrivèrent vers 13 heures comme prévu et Millefeuille les reçut comme des princes. Ils s'installèrent et dès l'apéritif après quelques questions sur les vacances, la mer, etc., Millefeuille se lança dans un commentaire attentif des pages de Léo, il avait les feuilles devant lui, soulignées, et il les compulsait, expliquait ce qu'il avait pensé, posait des questions à Léo, faisait quasi un cours sur le chapitre. Léo, heureux et à l'aise, répondait, développait, anticipait, parlait de ses intentions, de ce qu'il avait écrit pendant l'été.

Aucune tension. Millefeuille parla énormément, évoqua des lectures, fit état de ses propres questionnements. Il pensait, il le dit, qu'il s'agissait d'un roman d'apprentissage, il avait plusieurs théories là-dessus qu'il exposa tout en restant près de ce qu'avait écrit Léo.

Il se sentait très bien, très présent et en même temps, bizarrement, un peu raide. Il l'avait remarqué quand au milieu d'une phrase il avait fait un grand geste du bras, et son bras lui avait paru un peu trop loin, détaché. Pas détaché de lui, non, mais comme s'il le voyait, ce bras, de loin, et il avait l'impression d'être dédoublé, de voir non seulement le bras mais son corps entier de loin, comme une marionnette qu'il agitait. Il se concentra sur ce qu'il disait, la sensation disparut.

Il y eut tout de même un moment presque pénible. À propos d'un fait de violence raconté par Léo Millefeuille se mit à raconter l'histoire des deux jeunes, Loïc et Cristelle, des jeunes à la dérive qu'il avait voulu aider, mais ça s'était mal, très mal terminé, et lui s'était senti coupable.

Ils comptaient sur moi, dit Millefeuille. Je les ai déçus.

Moi aussi, dit Léo.

Les mots étaient sortis tout seuls, et peut-être pour effacer une mauvaise impression, il les redit, Moi aussi.

Millefeuille secoua la tête, l'air ennuyé. Il y eut un silence.

Zoé dit, Un ange passe…

Millefeuille enchaîna, Un doute plane…

Léo dit, Ils se rentrent dedans.

Ils rirent tous les trois. Ah Devos.

Millefeuille se mit à parler d'Ernest et mima Ernest et son transistor. Il essaya d'expliquer l'affection qu'il éprouvait pour lui, Léo et Zoé comprenaient très bien.

Millefeuille parla de son article, presque terminé, Léo parla de sa rentrée, de ses nouvelles classes. Ils se séparèrent tard dans l'après-midi, très joyeux.

Millefeuille était épuisé mais content. Tout en rangeant il se répétait, Eh bien voilà, ce n'était pas compliqué.

Il se coucha tôt après avoir relu ses dernières pages, qu'il trouva vraiment pas mal, pas mal du tout, et écouté des chansons de l'époque élisabéthaine en pensant à Deborah qui les écoutait souvent. Il les connaissait par cœur et accompagnait la musique en chantant. *When that I was a little tiny boy, / With hey ho, the wind and the rain, / A foolish thing was but a toy, / For the rain it raineth every day*… Quand j'étais un tout petit gamin / Allez hue ! Vas-y ! dans le vent et la pluie / Une bêtise alors n'allait jamais bien loin / Car la pluie, elle tombe tous les jours de la vie. Il s'endormit en pensant aux rois et à la musique de cette époque, et rêva de pharaons magnifiques, immenses, qui se promenaient au musée Bourdelle, venaient s'asseoir sur les bancs pour prendre le soleil, et faisaient la conversation aux dames.

Il se réveilla très tôt de très bonne humeur, plein d'énergie, prépara la maison pour Héloïse, la femme de ménage qui viendrait en fin de matinée, travailla quelques heures et termina le morceau sur *Hamlet* qu'il avait commencé, enfin, je ne sais pas si c'est fini mais c'est presque fini, c'est fini pour le moment, moi j'appelle ça fini. Quand Héloïse arriva il sortit faire un tour, marcha jusqu'à l'Observatoire et alla s'asseoir dans le jardin en face de la fontaine. Il contempla les femmes belles et plantureuses qui portaient le globe terrestre et les jets d'eau abondants crachés par les tortues et il pensa à ses amis, les anciens collègues avec qui il avait le projet d'un livre sur l'art d'enseigner la littérature. Il se dit qu'il rappellerait Rémi.

Il prit un autobus pour rentrer et s'arrêta à la brasserie pour manger un morceau. Il se demandait s'il verrait encore Ernest. De fait il finissait son omelette quand Ernest apparut, il parlait fort et dans tous les sens, et s'assit immédiatement en face de Millefeuille.

Alors, gamin, dit Ernest.

Millefeuille le regarda, sidéré.

Oui, oui, oui, dit Ernest, il s'adressait à la cantonade, on appuierait sur son nez, il en sortirait du lait.

Allez, ne me regarde pas comme ça, dit Ernest à Millefeuille, il prenait un ton paternel, je sais, tu es un peu perdu en ce moment, mais ne t'inquiète pas, continue, persévère, ça s'arrangera.

Qu'est-ce qui s'arrangera, dit Millefeuille.

Ça s'arrangera, redit Ernest qui se leva en montrant son transistor à Millefeuille, faut que j'y aille, ils m'appellent. Salut mon vieux.

Millefeuille hocha la tête. Il but un café et remonta chez lui. Ernest continuait à l'étonner. Où habitait-il, comment se débrouillait-il. Ernest ne répondait jamais à aucune question.

Héloïse était partie, la maison resplendissait, Millefeuille s'assit, fit une liste de coups de fil à donner et s'allongea sur le canapé. Il dormit profondément vingt minutes et se réveilla en pleine forme.

Le téléphone sonna pendant qu'il se faisait un café, c'était Léo, qui voulait le remercier. Ils parlèrent un peu. Léo était exubérant comme il pouvait l'être, parla de la classe qu'il venait de quitter, des élèves, des problèmes de la rentrée. Millefeuille écouta, commenta, Très intéressant, et dit à Léo qu'il pouvait passer quand il voulait. Il était très content de la reprise des relations avec Léo, une sorte de sentiment de devoir accompli, même si l'exubérance de Léo l'agaçait un peu.

Il téléphona ensuite à Rémi et mit en place une rencontre avec les deux autres collègues avec qui il avait le projet de manuel, ils fixèrent une date, dans deux semaines, le temps que tout le monde soit bien réinstallé à Paris.

La soirée commençait, Jean-Pierre Millefeuille avait l'impression, comme il se le formulait, de n'avoir pas arrêté de la journée, et après avoir avalé un potage rapide en lisant le journal il décida de voir un film. Sur une impulsion il choisit un *Macbeth*, cadeau de son fils Jean, qui traînait là depuis longtemps et qu'il n'avait pas encore regardé.

Mal lui en prit. C'était une version sanglante, en couleurs, où des morceaux de corps jonchaient le sol en gros plan, et où on entendait parfaitement le texte, où le texte semblait sortir directement de l'écran, sans métaphore. Au bout d'un moment Millefeuille se dit à voix haute, Au secours, et ensuite, Je suis effrayé. Il se prit la tête dans les mains et regarda par terre.

Il arrêta le film et resta un moment en silence devant l'écran.

Il se répétait, Ce n'est pas possible, ce n'est pas possible.

Au bout d'un moment il pensa à Ernest, tout en se disant, Mais qu'est-ce qu'Ernest vient faire dans cette galère. Il ne trouva pas de réponse. Les vêtements déchirés, tachés de sang restaient collés dans sa tête. Il se demanda si Jean avait vu le film, ce qu'il en pensait.

Il finit par s'arracher aux images et alla se faire une tisane. Ensuite il se coucha et s'endormit d'un seul coup.

Il se réveilla avec la chanson *The Wind and the Rain* dans la tête, *When that I was a little tiny boy / With hey ho, the wind and the rain*... Avec satisfaction il remarqua qu'il n'avait pas fait de cauchemars, avait-il même rêvé, il ne se souvenait pas. Il paressa un peu, lut plusieurs journaux, et son fils Jean téléphona. Eh bien ça tombe bien, dit Jean-Pierre Millefeuille, je pensais justement à toi, et il lui parla du film, quelle horreur de film, quel carnage.

Jean n'avait pas vu le film et écoutait en silence. Il proposa de passer déjeuner le lendemain dimanche, il apporterait quelque chose.

Ils fixèrent un déjeuner vers 14 heures, Millefeuille voulait avoir sa matinée.

Il se mit à sa table, et travailla tranquillement, corrections, traductions, notes. De temps en temps des images du film revenaient, il les chassait avec détermination mais subitement il avait de nouveau devant les yeux des têtes coupées, des bras, des jambes. Jeanne l'appela, il voulut lui raconter, mais dès qu'il parla d'hémoglobine, de la couleur rouge étalée partout, elle l'arrêta tout de suite, Ah non pas question, je ne veux pas entendre ça. Millefeuille rit, la taquina, il se sentait en pleine forme, euphorique, et même, le mot lui sembla drôle mais il le dit, invincible. Jeanne rit à son tour.

Vers le milieu de l'après-midi il descendit prendre un café, la brasserie était pleine, un groupe de touristes. Millefeuille improvisa une petite conférence en anglais sur la tour Montparnasse, l'ancienne gare, la nouvelle, l'histoire du quartier. Au moment où il terminait Ernest apparut, il était visiblement de mauvaise humeur et particulièrement sale. Il s'assit tout de suite en face de Millefeuille et lui dit, Arrête de faire le clown, ça ne te va pas. Millefeuille se sentit subitement furieux et lui dit sans réfléchir, C'est celui qui le dit qui l'est. Ernest le regarda et dit, Tais-toi, gamin. Il ajouta, La glace, en faisant le geste de montrer un miroir à Millefeuille.

Millefeuille ne rit pas, se détourna, excédé, et dit en anglais aux touristes, *He is not well.*

Mais comment, qu'est-ce que tu dis, c'est toi qui n'es pas bien, lui cria Ernest, qui se leva, désigna son transistor aux touristes, *My radio*, et partit, la radio collée à l'oreille.

Millefeuille resta un moment en silence, ensuite il prit congé des touristes et remonta chez lui, la fureur s'était transformée en vraie perplexité, mais il ne comprenait pas exactement ce qui le rendait perplexe, ni pourquoi Ernest l'avait autant énervé. Il regrettait sa colère.

Revenu chez lui il resta un moment sur le balcon, la journée finissait, magnifique, avec une brise, du silence. Il aurait bien voulu voir Ernest, il l'aurait peut-être invité à monter chez lui, mais Ernest avait disparu.

Il avait un message de Micheline, qu'il rappela, elle lui parla de sa famille, il promit de passer dîner dans la semaine, tout en se plaignant intérieurement et d'avance, Ah quel ennui.

Il écouta les nouvelles, rien de rien, et il glissa dans le sommeil comme dans un tunnel. Joseph était à côté de lui et lui tenait la main en disant, *My name is Joseph and I listen to the BBC*. Ensuite il y avait des cris, il reconnaissait les sorcières de *Macbeth, All hail, Macbeth ! that shall be King hereafter !* Salut à toi, Macbeth ! toi qui vas être Roi ! et Macbeth se dressait devant lui de toute sa taille, gigantesque, pendant que lui psalmodiait en le regardant de façon effrontée, Même pas peur, même pas peur.

Quand son fils arriva comme prévu vers 14 heures Millefeuille avait passé une très bonne matinée à travailler, et ils mangèrent la quiche joyeusement, Jean parla de ses nouveaux élèves, et de l'ambiance à Aubervilliers, Millefeuille parla de ses problèmes de traduction. Ils étaient en train de prendre le café quand on sonna, c'était Charles avec Léo, ils s'étaient rencontrés en bas, chacun avait l'intention de passer à l'improviste. Léo venait de voir un film à côté sur le boulevard, et Charles était dans le quartier, il avait fait une visite à un couple d'amis, Aïsata était rentrée avec les enfants, il voulait montrer quelque chose à Millefeuille. Millefeuille très content refit du café, et Charles sortit un journal, c'était l'histoire d'un électricien à la retraite qui participait à un réseau, Électriciens sans frontières, composé de professionnels hautement qualifiés, tous bénévoles, qui allaient de par le monde aider à mettre l'électricité chez quelques-uns du milliard et demi d'hommes qui en sont encore dépourvus. Tout récemment ils avaient installé 350 lampadaires photovoltaïques et 4 000 lampes solaires à Haïti. Charles répétait en riant, Je suis ébloui, c'est le cas de le dire, je suis ébloui, et il ajoutait, ça redonne de l'espoir, ça fait du bien.

On est tellement dégoûtés, excusez-moi, il s'adressait à Millefeuille, on est tellement dégoûtés, de l'indifférence des Blancs… Dès que ça ne les concerne pas directement, les gens, eh bien, les gens s'en foutent…

Tout le monde écoutait, approuvait.

Ah l'indifférence, commenta Millefeuille. C'est la plaie de l'époque…

Il développa ce thème.

Il était heureux, il aimait ses amis, il avait envie de parler. L'Afrique, l'Europe, les pays en voie de développement, les autres, ceux qu'on ne connaît pas et qu'on ne veut pas connaître, les étrangers, mais aussi la famille, l'importance des liens.

Il resservit du café à ses invités, tout en continuant à parler. Au bout d'un moment il leva la tête, Jean le regardait avec, il lui sembla, une lueur d'ironie dans les yeux.

Qu'est-ce qu'il y a, dit Millefeuille.

Rien, dit Jean.

Je vois bien que tu n'es pas d'accord, dit son père.

Mais si, dit Jean. Comment ne pas être d'accord avec ce que tu dis, ajouta Jean.

Tout d'un coup Millefeuille se sentit hors de lui.

Il faillit répondre, C'est ça, je ne dis que des banalités, mais il ne dit rien.

Il s'arrêta de parler, il se renfrogna. Il ne put s'empêcher.

Il regarda par la fenêtre. Subitement il avait l'impression, absurde, qu'il y avait quelqu'un sur le balcon. Il se leva, se rassit. C'était Macbeth. Macbeth ? Macbeth.

Oh non, gémit Millefeuille.

Qu'est-ce qu'il y a, ça ne va pas ? demandèrent ensemble Léo et Charles, ils étaient à côté de lui et ils avaient entendu.

Ce n'est rien, dit Millefeuille, et en effet l'impression s'était dissipée. Il se redressa, il alla dans la cuisine, rapporta une bouteille d'eau gazeuse, servit tout le monde, et demanda à Charles des nouvelles de ses enfants.

Charles en donna, et s'adressant plus spécialement à Léo parla de son aîné qui entrait en troisième.

Une discussion s'engagea sur l'école, Jean, Millefeuille participaient, de l'école ils passèrent à l'état général du pays, la politique, l'avenir des jeunes, mais un malaise planait, ils parlaient tous avec une énergie exagérée, on se force, Millefeuille eut cette idée, se la dit, on se force.

Au bout d'un moment Jean dit qu'il devait rentrer, il avait des cours à préparer pour le lendemain, Léo et Charles aussi avaient à faire. Ils prirent tous congé, l'exubérance était partie.

Millefeuille rangea en se répétant, Quel idiot ce Jean, quel idiot ce Jean. Il alla sur le balcon et crut voir Ernest qui se dirigeait vers la brasserie, Est-ce que je descends, mais il décida que non, les fous ça suffit, ça suffit les fous.

Il s'allongea sur le canapé et ferma les yeux.

Il les rouvrit aussitôt, évidemment encore Macbeth.

Il s'invectiva un peu, Ah c'est malin, c'est malin vraiment, il se leva, but un verre d'eau, ferma à nouveau les yeux, et plongea dans le noir complet quelques minutes.

Il se réveilla avec le sentiment d'avoir dormi toute une heure et d'être complètement détendu.

Il décida de sortir.

La journée était encore magnifique, le ciel léger comme un voile, plusieurs avions avaient laissé des traces, des stries. Une rumeur agréable, beaucoup de gens dehors.

La ville, ah la ville, se disait Millefeuille.

Il marcha jusqu'à la gare, prit un autobus et fit un tour au Luxembourg. Il y avait énormément de monde autour du bassin, et comme souvent le dimanche, un concert dans le kiosque. Millefeuille s'assit pour écouter, tout en observant les familles, les enfants.

En revenant il s'arrêta au Select, but un verre en discutant avec ses voisins, des gens de passage, et il rentra.

Le lendemain lundi il se réveilla et se traîna pendant un grand moment. Il se sentait lourd, tout est quand même trop, se répétait Millefeuille, mais il n'arrivait pas à qualifier le trop, trop quoi. Macbeth et son fils s'étaient bagarrés dans son sommeil, il savait qu'il n'y avait pas qu'eux mais il ne se rappelait que ça, il avait l'impression d'être fourbu, un terrain de combat, voilà ce qu'il était, je ne peux pas, je ne peux pas, je n'en peux plus. Il y a trop de monde, trop de monde, cette phrase revenait en boucle. Il se sentait encombré, pas possible d'être encombré comme ça, le monde entier s'invite dans ma tête. Trop, trop, trop de monde dans ma tête, trop de choses, de gens, de pensées, je ne peux plus, je ne gère plus, je déteste cette expression, gérer, mais justement, c'est un exemple, je déteste cette expression et elle reste là, je ne gère pas les déchets, je ne fais pas le tri, j'ai trop d'idées, toutes les idées, tous les mots, ceux que j'aime, ceux que je n'aime pas, c'est pareil, pareil, pareil, tout est toujours là dans ma tête, ça va finir par exploser.

Il était obligé de rire mais il se tenait la tête en même temps et il avait l'impression d'avoir le cerveau plein de fils de fer, ou de circuits électriques, oui, de circuits électriques, mais je ne suis pas électricien moi. Il repensait au réseau d'Électriciens sans frontières, et se disait, Charles pourrait m'aider, où est Charles, Charles est un homme bon.

Il s'assit à sa table et essaya de travailler, mais au bout d'un moment il téléphona à Jeanne. Se plaindre, se plaindre, voilà ce qu'il lui fallait.

Je n'en peux plus, gémit Millefeuille, dès que Jeanne décrocha, je n'en peux plus.

Mais de quoi, demanda Jeanne.

Millefeuille dit qu'il y avait trop de passage chez lui, il était envahi, pas le temps, on devait quand même respecter sa solitude, son travail.

Jeanne écoutait sans rien dire, ce qui agaça Millefeuille, qui lui dit Tu ne m'écoutes pas.

Mais si je t'écoute, lui dit Jeanne, je t'écoute, mais je ne sais pas, Jean-Pierre, quand tu es seul… Jeanne s'arrêta.

Quand je suis seul ? Millefeuille s'impatientait.

Quand tu es seul tu es malheureux, dit Jeanne avec son autorité habituelle.

Je te parle d'être envahi, Millefeuille explosa, d'être envahi, et toi tu me parles de… je ne sais pas de quoi tu me parles… tu ne comprends rien.

Il faillit raccrocher, ne le fit pas, dit au revoir.

Il retourna à sa table, et tout en pensant à Macbeth ouvrit *Hamlet* et chercha de façon mécanique la scène dans le cimetière, quand Hamlet contemple le crâne de Yorick, le fou du roi son père, qui a joué avec lui, qui l'a porté sur son dos quand il était enfant. *Alas poor Yorick. I knew him, Horatio… He hath bore me on his back a thousand times, and now how abhorred in my imagination it is. My gorge rises at it.* Hélas, pauvre Yorick. Je l'ai connu, Horatio… Il m'a porté sur son dos des milliers de fois, et maintenant quand j'y pense, je suis dégoûté. J'ai envie de vomir.

Millefeuille posa le livre, saisi. Il connaissait le passage par cœur et c'était la première fois qu'il se représentait le petit Hamlet sur le dos de Yorick.

Se représentait : il voyait l'enfant sur le dos d'un homme à quatre pattes, riant et jouant, et après le même enfant devenu adulte, s'imaginait sur le dos d'un squelette, oui, tout petit sur le dos d'un squelette, et il était révulsé.

Il resta un moment collé à l'image, lui aussi avait envie de vomir.

Les fous, se dit tout d'un coup Millefeuille, les fous pensent tout le temps à la mort, ils passent leur temps à rappeler aux vivants la mort, à la cour c'était même leur fonction, une de leurs fonctions, et maintenant ?

Il resta sur cette question, ferma le livre, rangea ses papiers, il avait envie de sortir, hésitait, se décida. Il voulait marcher. Il évita la brasserie, il avait peur de rencontrer Ernest, Ah non, j'en ai assez d'Ernest, Ernest est insupportable, pourquoi il faut que je me tape Ernest, et prit le boulevard Montparnasse, direction le Luxembourg.

Il n'avait pas travaillé, il n'était pas arrivé à travailler, quand je ne travaille pas je sais ce qui m'attend, mais son anxiété se dissipait avec la marche.

Tout en marchant et en regardant les gens, les vitrines, les arbres du boulevard, le ciel, Millefeuille se faisait la morale, dans ta tête tu as trop de choses, ça va mal finir, un de ces jours tu vas exploser, et Millefeuille énuméra, fit défiler, Ernest, Léo, Macbeth, la mort, le meurtre, les rois, les pharaons… et en plus se dit Millefeuille avec lucidité, je suis lucide, ce à quoi je ne pense pas m'encombre encore plus, comment ça ? je ne sais pas comment mais ça fait pression.

En même temps l'exercice et le ciel bleu le calmaient et lui rendaient sa bonne humeur. Il descendit la rue Vavin en s'arrêtant à chaque vitrine, et arrivé au Luxembourg il traversa le jardin en marchant d'un bon pas et en respirant à fond comme il aimait le faire. Il se retrouva de l'autre côté, place Edmond-Rostand. Devant la grille il y avait la marchande de glaces avec sa carriole et il eut envie d'une glace, hésita, pensa qu'il serait ridicule, et céda à son envie en entendant un petit garçon demander à sa mère s'il pouvait avoir trois boules. Lui aussi prit un cornet avec trois boules, café chocolat vanille, il commenta à la vendeuse, J'ai toujours été un classique, elle eut l'air de comprendre et sourit, et, parfaitement heureux, Millefeuille se dirigea vers la fontaine Médicis. Il y avait énormément de monde, c'était le début de l'après-midi, plusieurs groupes de pique-niqueurs assis sur des chaises autour de la fontaine. Millefeuille ne trouva pas de chaise et resta debout en regardant les statues et en finissant sa glace. Ensuite il leva les yeux.

De l'autre côté du bassin, lui aussi debout, Joseph.

Millefeuille pensa, Oh non.

Joseph ne le voyait pas, il avait les yeux fixés sur l'eau.

Millefeuille le regarda, Joseph ne bougeait pas, il était complètement immobile. Millefeuille se dit subitement, il cherche les poissons. Tout en pensant, c'est idiot, cette eau est trop sale, jamais aucun poisson là-dedans.

En face de lui, absorbé, Joseph fixait l'eau.

Millefeuille ne pouvait pas détacher ses yeux de Joseph, qui portait son vieux manteau et autour du cou son écharpe blanche maintenant grise.

Joseph, la tête penchée, scrutait l'eau.

Il est complètement fou, pensa Millefeuille.

Tu m'as l'air égaré, dit Joseph, levant les yeux.

Quoi, demanda Millefeuille, qu'est-ce que tu dis.

Je dis que tu as l'air égaré, dit Joseph, qui de nouveau s'absorba dans la contemplation de l'eau.

Millefeuille fit le tour du bassin et vint à côté de Joseph.

Mon vieux Joseph, dit Millefeuille. Comment ça va ?

Il sentait en même temps qu'il n'avait aucune, mais aucune, envie de savoir.

Moi ça va, dit Joseph, il continuait à regarder l'eau, et toi ?

Tout d'un coup Millefeuille se sentit furieux, il secoua la tête et ne dit rien. Ensuite il dit, Tu es venu tout seul ? C'est loin de chez toi, non ?

Joseph ne répondit pas.

Millefeuille dit, sans savoir pourquoi, Je viens de manger une glace.

Joseph le regarda et fit un demi-sourire. Millefeuille crut percevoir de l'ironie et il eut tout de suite devant les yeux l'image de son fils Jean. Il haussa les épaules, réprima une colère grandissante et dit Au revoir, Joseph.

Joseph ne dit rien et Millefeuille partit en se disant, Je m'en fiche de Joseph, qu'il aille au diable.

Il fit quelques pas et se retourna. Joseph était de nouveau penché en train de fixer l'eau, mais au moment où Millefeuille se retourna, il leva la main de dos sans le regarder et fit un geste d'au revoir.

Millefeuille resta figé sur place, il voyait le manteau, la main et le crâne, il avait l'impression de voir un épouvantail. Ensuite il dit tout bas, Au revoir Joseph, et il s'en alla.

Il prit un autobus pour rentrer, ne s'arrêta pas à la brasserie, et remonta chez lui. Il se sentait oppressé. Il avait un message de Léo, il ne rappela pas.

Il s'allongea, s'endormit un instant et rêva un rêve horrible avec un poisson-chat. Ce poisson lui avait toujours paru répugnant, monstrueux, pourquoi je rêve de cet hybride, se demandait Millefeuille tout en rêvant, c'est à cause de Joseph, il ne supporte pas les poissons et en même temps il les traque. Dans le rêve le poisson-chat avec ses moustaches et ses écailles avait l'air de sourire, il souriait d'un sourire ironique, comme Joseph, comme Jean.

Millefeuille se réveilla en sueur.

Je ne peux même pas m'endormir tranquillement, se dit Millefeuille, dès que je m'endors… il ne termina pas.

Est-ce que les fous sont des êtres hybrides, se demanda Millefeuille.

Quel gâchis, mon vieux Joseph.

Le téléphone sonna, c'était Micheline. Ils décidèrent qu'il viendrait dîner le surlendemain, mercredi.

La voix de Micheline, familière, rassurante, le calma, et après avoir raccroché il se fit un café et s'assit à sa table. Tout en travaillant il repensait par bouffées à Jean, des pensées vagues et peu agréables, qui se terminaient par Ah là là et qui l'ennuyaient profondément.

Ses Rois l'occupèrent jusqu'au soir, il dîna de quelques restes et se coucha malgré tout satisfait. En se mettant au lit il se donna un programme de rêves, parfois ça marchait, il l'avait remarqué, Allez, cette nuit je fais des beaux rêves, je rêve de femmes, se dit Millefeuille en sombrant dans le sommeil.

Mais il ne rêva pas de femmes, ou plutôt, il rêva de femmes, de nombreuses femmes, de toutes ses femmes, mais les femmes se cachaient et il n'arrivait pas à les voir. Et en même temps il rêvait de pharaons, les colosses d'Assouan, les pharaons se promenaient dans sa tête pendant qu'il leur disait en gémissant, Ce n'est pas votre place, il n'y a pas de place, allez-vous-en, ce n'est pas possible, allez-vous-en.

En se réveillant il resta un moment dans le lit à se demander, Mais pourquoi ils viennent tous chez moi et à comparer Deborah et Jeanne et Micheline.

Il finit par se lever de mauvaise grâce, Tu veux que je me lève, je me lève, mais je n'ai aucune envie de me lever, et commença sa journée, douche, café, table de travail.

À la fin de la matinée Léo téléphona, Millefeuille répondit avec une voix lointaine, lointaine, un filet de voix.

Il sentit que Léo était déçu, mais tant pis, se

disait Millefeuille, tant pis, je ne peux pas, je ne veux pas, j'en ai assez, ah mais quand même, je ne vais pas passer tout mon temps avec ce garçon, non, non, pas question, je lui ai parlé de son chapitre, voilà, c'est fait, ça suffit.

Quand ils raccrochèrent Millefeuille se rendit compte qu'il était mécontent, vraiment mécontent, je suis en colère, se disait Millefeuille, mais pourquoi, il ne comprenait pas.

Vers 14 heures il descendit à la brasserie et il était en train de manger une salade en parlant avec Mireille quand Ernest arriva.

Est-ce que tu crois aux pharaons ? lui demanda Millefeuille, il n'avait pas du tout prévu de lui poser la question mais elle sortit comme ça.

Ernest dit, Moi je n'y crois pas mais ils existent.

Moi c'est pareil, dit Millefeuille, qui médita un moment, hocha la tête et dit encore : je n'y crois pas, mais ils existent, c'est exactement ça.

Qu'est-ce que tu veux, dit Millefeuille, il se sentait en confiance, moi je les aime, ils sont encombrants, c'est vrai, mais ils sont si grands et beaux et nobles. Et propres, ajouta Millefeuille sans penser, mais il s'en voulut tout de suite, est-ce qu'Ernest ne le prendrait pas contre lui.

Pas du tout, Ernest approuvait.

Ou s'en foutait.

Millefeuille redit, Oui, je les aime.

Mais pourquoi demanda Ernest, c'était une vraie question.

Ils sont immortels, dit Millefeuille.

Immortels ou éternels, demanda Ernest.

On ne les oublie pas, dit Millefeuille, personne ne les a oubliés.

Bien sûr, dit Ernest.

Sans rien dire il tendit sa radio à Millefeuille.

Millefeuille prit la radio, la mit à son oreille, peut-être Ernest pensait que les pharaons étaient dedans, et d'ailleurs, se surprit à penser Millefeuille, et d'ailleurs…

Il ne termina pas sa pensée.

Bon, j'y vais dit Ernest, en reprenant la radio.

Mais moi, dit Millefeuille, on va m'oublier, je n'existerai plus, je ne peux pas supporter ça.

Disparaître.

Tomber dans un trou.

Dans un trou ? demanda Ernest, qui s'était levé mais ne partait pas.

Dans un trou, oui, dans un trou, dit Millefeuille. Dans l'oubli, dans le rien.

Comme lorsqu'on dit, cette ville est un trou.

On ajoute toujours, Et il ne s'y passe rien. C'est un trou et il ne s'y passe rien.

Un comble pour un trou, dit Ernest sérieusement, avec un geste obscène.

Oh, dit Millefeuille, oh eh bien Ernest.

Ernest rigola, c'était entre le rire franc et le rire salace, et partit en disant, Allez salut mon vieux.

Millefeuille le suivit des yeux.

Quand il ne le vit plus il eut le sentiment très net d'un vide, comme si l'espace s'était creusé.

Au moment où il se formula ce sentiment Millefeuille dit à voix haute, Un trou d'air. Il y a un trou d'air.

Le son de sa voix lui parut aigu, pointu, désagréable.

Il regarda autour de lui, personne.

Il haussa les épaules, se leva à son tour et chercha Mireille pour payer.

En remontant sa rue Millefeuille se répétait, Quel phénomène, cet Ernest. Il n'avait aucune envie de rentrer, il décida d'aller au Monoprix, il n'avait besoin de rien, mais sait-on jamais.

En traversant l'esplanade, Millefeuille eut un accès de tristesse, une vague, tellement forte qu'il faillit s'arrêter.

Il était debout devant la gare, il voyait la construction massive, les inscriptions, les grandes portes autocoulissantes, les étages, et il avait l'impression d'être ailleurs sur une autre planète avec une chose monstrueuse, inhumaine, qui lui faisait face.

Il sortit son mouchoir, se moucha.

Je suis seul, seul au monde, se dit Millefeuille.

Il se moucha de nouveau, il avait les yeux remplis de larmes. Il se sentait ridicule, en même temps sentir les larmes n'était pas désagréable.

Il pensa à Léo, tout en se disant, Pourquoi je pense à Léo.

Il regarda le ciel qui était d'un bleu épais. Jamais vu ça, se dit Millefeuille qui aimait découvrir des ciels nouveaux, quitte à tricher un peu. Jamais vu ça.

Bleu épais. Une sorte de moquette.

Le monde à l'envers, en somme.

Cette idée du monde à l'envers le rasséréna. Après tout, si c'est le monde, voilà ce qu'était approximativement sa pensée. Il examina la moquette avec attention, quelques déchirures par-ci par-là, des stries, du blanc, et il continua, arriva au Monoprix, et se dit en entrant, J'aime le Monoprix, j'aime le Monoprix.

Il arpenta un moment les allées, rassuré, calmé, chercha un polo dont il avait le souvenir et qui avait été en solde, ne le trouva pas, s'acheta trois paires de chaussettes noires, pur coton, c'est toujours utile, regarda les foulards, tout était moche, peu cher d'accord, mais vraiment moche, et alla discuter avec le caviste.

Le caviste lui parla des derniers arrivages et Millefeuille l'écouta en approuvant de temps en temps, C'est intéressant.

Il resta un bon moment, et fit une commande.

Il rentra en sifflotant, attendit la livraison qui arriva derrière lui et rangea tranquillement les bouteilles. Il inspecta le frigidaire, constata qu'il manquait de tout, et fit une liste pour le marché du lendemain.

Il sortit sur le balcon et regarda le musée. Les briques se déployaient, petites et rouges, parfaites dans la lumière maintenant plus douce. Le bâtiment n'avait rien à voir avec la gare, mais justement, il se rappela la gare et l'effet qu'elle avait produit sur lui.

Je n'ai pas de projet, dit Millefeuille à voix haute et avec conviction.

Tout de suite après il trouva cette phrase fausse, et stupide. Il avait au contraire plusieurs projets, l'article sur les Rois à finir, ensuite il en ferait peut-être un livre, et le livre avec ses collègues sur l'art d'enseigner la littérature, et dans l'immédiat, le dîner demain soir chez Micheline...

Pourquoi j'ai pensé ça, se demanda Millefeuille, sincèrement étonné, et même inquiet. Si je me dis que je n'ai pas de projet... si je me dis ça...

Ça n'ira vraiment pas, conclut Millefeuille, mais ce n'était pas une conclusion, plutôt une question, qui se poursuivait, qui le poursuivait, qui le harcelait.

Il regarda encore une fois le musée, et repensa encore à la phrase de son professeur, nos œuvres sont comme des parents, elles ne sauvent pas mais elles consolent. Il haussa les épaules.

Il rentra du balcon, s'assit, et téléphona à Micheline pour préciser l'heure du dîner le lendemain, et que pouvait-il apporter.

Comme toujours parler avec Micheline le tranquillisa, l'agaça et le tranquillisa.

Il décida de travailler encore un peu, et s'assit à sa table.

Il se demanda immédiatement s'il ne devrait pas écrire sur les fous dans les différentes pièces qu'il travaillait, même si ce n'était pas exactement le sujet, les Rois étaient inséparables de leurs fous. Très content à cette idée, quoique d'avance accablé par la quantité de travail supplémentaire, il commença à relire le texte du fou dans *Lear*.

Sirrah, you were best take my coxcomb... / Dost thou call me fool, boy ? / All thy other titles thou hast given away ; that thou was born with. Seigneur, vous feriez mieux de porter mon bonnet... / Tu me traites de fou, garçon ? / Tous les autres titres, vous vous en êtes défait ; celui-là vous êtes né avec.

Il eut l'idée d'une partie qui pourrait s'intituler l'ombre des Rois.

Son fils lui téléphona dans la soirée, il n'avait pas envie de lui parler, il se força à poser quelques questions sur ses différentes classes et sur Aubervilliers, il se coucha tôt, lut le journal au lit et s'endormit avec la lumière allumée.

Il fit des rêves confus, où Ernest, très beau, très propre, portait des valises et partait en voyage, il l'accompagnait à la gare, le mettait dans le train, et quand le train partait il pleurait en agitant son mouchoir. Il se réveilla plein de vraies larmes, se sermonna vigoureusement et se rendormit.

Le matin il se secoua, et décida d'aller prendre un café à la brasserie. Il était très tôt, à peine 8 heures, il n'y avait presque personne, aucun étudiant, seulement quelques hommes debout au comptoir, la brasserie semblait beaucoup plus vaste que d'habitude et il flottait, se dit Millefeuille, un air de province.

Il se dit, Tout le monde travaille, et ce fait, évident, le déprima.

Il se rattrapa sur les croissants, et but plusieurs cafés.

Ensuite il se dit qu'il pourrait faire le marché.

Il avait fait une liste la veille, il pourrait remonter et prendre la liste et le caddie. Il n'y avait plus rien dans la maison, il fallait faire le marché.

Et puis non.

Il refusait absolument de faire le marché, tant pis s'il n'y avait plus rien, je ne ferai pas le marché, non, non, non, non. Je me débrouillerai. Plus tard. Demain. Un autre jour. Non.

Il remonta en traînant les pieds, et en répétant, Je ne ferai pas le marché.

Il s'installa à sa table, et regarda ses livres. Il se sentait mécontent, pas mécontent, furieux.

Il relut ce qu'il avait fait la veille, et trouva l'idée des fous complètement stupide, On s'en fout des fous.

Léo téléphona, Millefeuille répondit, de très très loin, tout bas, il s'entendait à peine lui-même.

En fait il se voyait répondant à Léo, très petit, minuscule, il avait une taille de lapin, de moineau, de souris, très petit, très petit.

Un brin d'herbe, voilà ce qu'il était.

Léo, étonné, demanda si ça allait, comment il se sentait, s'il n'était pas malade.

Millefeuille s'agaça, et dit qu'il avait beaucoup de travail, qu'il ne s'en sortait pas, qu'il avait à faire.

Léo dit qu'il comprenait.

Millefeuille ne dit rien.

Au bout d'un temps Léo demanda s'il pouvait passer le voir le lendemain, il voulait lui demander quelque chose.

Millefeuille sentait monter la colère, une vraie colère, qu'il trouvait stupide en même temps, pourquoi cette colère, et il dit que non, il avait à faire, mais il savait en le disant que Léo penserait forcément qu'il ne disait pas la vérité.

Il dit à Léo mollement qu'il pouvait passer plutôt vendredi.

En raccrochant Millefeuille était encore plus furieux.

Il essaya de se calmer, n'y réussit qu'à moitié.

Il resta assis à sa table sans rien faire pendant un bon moment en se disant, Je prends mon élan, je prends mon élan. Il se leva, alla sur le balcon, regarda le ciel en haussant les épaules et murmura, C'est pas fini, non ?

Il se rassit et lut un peu *Macbeth*, les sorcières. *But in a sieve I'll thither sail / And like a rat without a tail ; / I'll do, I'll do, and I'll do.* Mais dans un tamis j'irai naviguer / Et comme un rat la queue coupée / Je ferai ; je ferai ; je ferai.

C'est vraiment un rythme de comptine d'enfant, se dit comme toujours Millefeuille en lisant le passage à voix haute, et il se sentit soulevé.

Mais pendant le dîner chez Micheline il pensa de nouveau à Léo, une sorte de colère larvée, qu'est-ce qu'il croit, que je vais m'occuper de lui, qu'est-ce qu'il attend de moi, il n'a rien à attendre, en fait il ne se disait pas exactement ces mots, mais ces pensées occupaient le fond de sa tête comme de la poussière sur des vieux meubles.

Il n'arrivait pas à se concentrer sur le dîner.

Pourtant Micheline avait mis les petits plats dans les grands, tout ce qu'il aimait, ses plats préférés, une salade de lentilles étonnante, ma chère Micheline, c'est une salade étonnante, avec en plus Sylvain un ami de longue date qui était parti en province et qu'il n'avait pas vu depuis longtemps et qui était professeur d'histoire, et sa femme, et leur fille, très jolie et gentille, et son fiancé…

En un sens, Millefeuille se détendait, on parlait voyages, desserts, films, etc.

Mais derrière il pensait tout le temps à Léo, et, en même temps, mais quel rapport, à Ernest, où est-il Ernest, comment il fait Ernest, oui, vraiment, comment il fait, il se disait qu'il ne l'avait pas vu dans la journée, il s'inquiétait.

Il se dit qu'il ne savait même pas où habitait Ernest, et quant à lui demander…

Sylvain et sa femme qui étaient en voiture le déposèrent devant son immeuble. Quand il ouvrit la porte de son appartement il eut une sorte d'appréhension, et l'impression qu'il y avait quelqu'un. Il se houspilla, pensa quand même à Loïc et Cristelle, ah ça faisait longtemps ceux-là, et alla fermer la fenêtre qu'il avait laissée ouverte. L'air du balcon était frais, agréable, le ciel noir clair, il vit un satellite, ou peut-être une étoile, c'est rare, à Paris, décida que la vie était possible, rentra se coucher.

Mais il fit de mauvais rêves où Léo et Loïc se mettaient d'accord pour lui faire repasser l'agrégation, à lui et à son ami Sylvain, mais pourquoi pas le bac pendant que vous y êtes, dans son sommeil il les invectivait, dans le rêve Sylvain rigolait et lui disait qu'il avait quelque chose à lui demander, laisse-moi tranquille lui disait Millefeuille, très fâché, laisse-moi tranquille, et Sylvain le regardait avec une ironie qui le transperçait.

Le matin, c'était jeudi, Héloïse allait venir faire le ménage, il prépara un peu l'appartement, tout en pensant à Léo, je ne veux pas penser à Léo, pourquoi je pense à Léo, mais voilà, il pensait à Léo, avec un sentiment de rage larvée, je ne veux pas penser à Léo, je ne veux pas m'occuper de Léo, s'il faut que je m'occupe de Léo, j'en ai assez de Léo. Quand Héloïse arriva, il était 11 heures, il décida de descendre faire un tour rue de Rennes et passa à la Fnac regarder les nouveautés, son ami Sylvain lui avait parlé d'une biographie de la reine Élisabeth Ire qui venait de sortir. Il trouva le livre, le feuilleta, l'acheta, alla s'asseoir à la brasserie, commanda un demi et commença à lire. C'était une très bonne biographie, très bien faite, il lisait avec concentration et plaisir, mais au bout d'un moment il se rendit compte que l'image de Léo venait se superposer à celle de Sir Walter Raleigh, l'amant de la reine, chaque fois qu'il en était question. Jeune, beau, explorateur, poète... Heureusement qu'il a été décapité, se surprit à penser Millefeuille, pour se souvenir juste après de ses dernières paroles, célèbres, adressées au bourreau, *Strike, man ! Strike !* Frappe, bourreau ! Frappe !

O.K., se dit Millefeuille, O.K. Courageux, évidemment. On ne peut pas dire le contraire.

Est-ce que lui Millefeuille, etc.

Il refusa d'examiner cette question, se força à lire sans s'arrêter, et resta à la brasserie jusque vers 13 heures, il savait qu'Héloïse serait partie.

Il remontait la rue, content de rentrer chez lui, quand il vit Ernest qui arrivait, l'air renfrogné.

Ernest lui dit tout de suite, Je suis jaloux.

Comment ça, dit Millefeuille, en essayant de rire.

Jaloux, jaloux, jaloux, dit Ernest qui brandit sa radio et ajouta, le pire c'est que j'ai raison.

Pourquoi, demanda Millefeuille.

Ernest haussa les épaules.

Ensuite il dit, « Quand le poids de la haine a attaqué un cœur, c'est une double souffrance pour celui qui la porte en soi, il sent le poids de ses propres malheurs et gémit au spectacle du bonheur d'autrui ».

Électre, murmura Millefeuille.

On connaît ses classiques, dit Ernest.

C'est ça, dit Millefeuille, étonné. Il se sentait pris de court, mais par rapport à quoi, il ne savait pas.

Ernest le regarda sans rien dire et partit en direction de la brasserie l'oreille collée à sa radio.

Millefeuille hésita un moment, il pourrait l'inviter, ou le suivre, et puis non.

Il remonta chez lui, l'appartement était rangé et propre, il s'installa à sa table, travailla. La biographie qu'il avait commencée lui avait donné quelques idées, qu'il nota, et il relut tranquillement ses dernières pages. En même temps Ernest restait dans sa tête, une présence incongrue, déplacée, un voile qui pourrait s'appeler Ernest, une ombre.

Vers le milieu de l'après-midi il eut faim, se fit une omelette gaiement, après il s'allongea et ferma les yeux.

Il s'endormit profondément et fut tiré du sommeil par un rêve horrible, un écran blanc, aucune image, mais il savait, c'était un savoir absolu, intégral, total, complet, sans faille, sans doute, sans ambiguïté aucune, il savait qu'il était mort.

Il se réveilla avec un cri rentré, un cri énorme, grand comme la tour Eiffel.

Il se leva, alla dans la cuisine, but un verre d'eau, s'assit à son bureau, remarqua que la lumière du jour avait baissé, pensa au lendemain, et s'entendit dire, Je ne veux pas voir Léo, j'en ai assez de Léo. Il secoua la tête, et se remit à sa table. Il travailla jusqu'au soir, alla prendre un verre au Select sans penser à rien, parla un peu avec son garçon préféré, Gérard, qui lui raconta ses vacances, et rentra se coucher.

Le lendemain quand Léo arriva, il lui dit, Je ne sais pas quoi dire, je n'ai rien à dire. On vit, on meurt, à chaque instant, quel sens ça a. En même temps, faire le tour de la terre dans le sens du soleil, ou faire le tour de la terre sans regarder le soleil, bien sûr la terre est ronde, la terre, la terre est ronde, on arrivera au même point, mais ce n'est pas la même chose. Le problème, mon problème, le problème, c'est que j'ai peur de tomber dans un trou. On avance, on recule, on tombe dans un trou.

Je n'ai rien à dire, rien à déclarer.

Ce qui est difficile… je ne sais pas ce qui est difficile.

Je dors mal, très mal, je ne suis jamais reposé.

On s'en fout.

On s'en fout des fous, celle-là elle est bien bonne.

Bien bonne, quelle drôle d'expression.

C'est intéressant, c'est très intéressant.

Mais voilà, je suis… dédoublé.

Pourquoi je dis ça ? parce que.

Parce que je suis dédoublé.

Tout le monde est dédoublé.

C'est intéressant.

Moi et le petit oiseau dans le ciel.

Il y a des pharaons qui ont des têtes d'oiseau.

C'est un fait.

Très, très intéressant.

Les pharaons, on n'en parle pas. Et je n'en parle pas, sauf à Ernest.

C'est pourtant simple. Les pharaons sont immortels. Ou éternels. Enfin, on ne les oublie pas.

Je refuse absolument de…

J'ai un vieux copain, Joseph…

Un vieux camarade…

En tout cas, lui, il ne peut pas manger de poisson.

Le sang froid des poissons.

C'est vrai, si on y pense c'est dégoûtant.

Les écailles, le sang, les yeux…

C'est dégoûtant…

C'est dégoûtant, c'est intéressant.

Il suffit de ne pas penser.

Moi je pense aux Rois, à la vie, à la mort.

Aux Rois. À tous les Rois.

Je pense à beaucoup de choses, à trop de choses, trop, trop, trop.

J'ai la tête pleine de fils de fer. Électriques.

Électricité électrique. Électrique électricité.

Électre, Électre, Électre.

Quand le poids de la haine a attaqué… un cœur… c'est une double souffrance pour celui qui la porte en soi… il sent le poids de ses propres malheurs… et gémit au spectacle… du bonheur… d'autrui.

J'ai trop de choses dans la tête.

Et je ne gère pas.

J'ai horreur de cette expression, et je l'emploie.

Je l'emploie parce qu'elle est là.

C'est une expression dégoûtante.

Intéressante.

Dégoûtante.

« Un ange passe, un doute plane, ils se rentrent dedans »…

Tout en parlant, Millefeuille faisait des gestes de plus en plus amples, un bras, l'autre, il les ouvrait, les refermait, les paumes dehors, les paumes dedans, il gesticulait.

Alors il faut arrêter de venir, de venir, de venir… je suis tranquille… il faut me laisser tranquille…

A little grave… a little little grave… une petite tombe… une petite petite tombe…

Léo le regardait, sidéré, ensuite il se leva sans rien dire et partit.

Millefeuille sortit sur le balcon en gesticulant et le regarda du balcon, il continua à gesticuler jusqu'à ce que Léo disparaisse.

DU MÊME AUTEUR

Aux Éditions P.O.L

Récits et romans

L'EXCÈS-L'USINE

LE LIVRE DES CIELS

LE CRIMINEL

LE PONT DE BROOKLYN

L'ÉPREUVE DU PASSEUR

LE SILENCE DU DIABLE

LES MINES DE SEL

DEPUIS MAINTENANT, *Miss Nobody Knows*

LES PROSTITUÉES PHILOSOPHES

LE PSYCHANALYSTE

LES AMANTS DE MARIE

FEVER

MON AMÉRIQUE COMMENCE EN POLOGNE

MILLEFEUILLE

Essai

LES OUTILS

Théâtre

TOUTE MA VIE J'AI ÉTÉ UNE FEMME

LOUISE, ELLE EST FOLLE

DÉPLACE LE CIEL

Chez d'autres éditeurs

L'ENFER EST VERT, http://www.public.net/

LES MOTS, http://www.public.net/

http://www.lesliekaplan.net